ミシンと金魚

永井みみ

集英社文庫

ミシンと金魚

あの女医は、外国で泣いたおんなだ。と、おしえてやる。

病院というとこは、すかない。病気持ちばっかりで、胸糞わるい。うつる菌が、うようよいる。ほら、あの子もあのじいさんも咳してる。

マスクしてても、子どもは手でしじゅう触って位置をずらして、じいさんはいつ洗濯したのかわかんないくらい汚れてるマスクしてて、いつ洗濯したかわかんないけど、あきらかに洗濯で縮んだ年季の入ったちっこいマスクを鼻の穴丸出しにしてしてっけど、あんなちっこいマスクじゃあ意味がない。マスクの意味。ね、みっちゃん。あんなふかい咳がでる風邪は、風邪のなかでもタチがわるい部類のやつだ。ツバキが遠くまでとんで、カギフックみたいな引っ掛けるところのついた菌が、こっちの喉にフックを引っ掛けて、ながながと居座る。

ちょっとあんたら、マスクぴったり口にして、その上から手ぇあてて、咳しなしゃいよ。

と、おしえてやる。ふたりが同時にギロリとにらんだ。

ああ、やだやだ。親切が、あだになった。親切でもって言ったこっちの方が、バツのわるいおもいをする。世の中そんなふうになっちゃったんだねぇ。昔は銭湯行くと、一番風呂に浸かってるとしよりに、股の間ゴシゴシ洗ってから入んなよ、と怒鳴られて、でもちゃあんとそのとおり素直にやったもんだ。クソババアって、こころん中でツバ吐いても、言われたとおり股の間をゴシゴシ洗った。そんなんがそのうち身につく。お行儀が身につく。けどもう昔のこと言っても仕方ないんだろうねぇ。仕方ない世の中になっちゃったんだろうかねぇ。

あきらめて、手持ち無沙汰に、とっちらかった週刊誌の中からてきとうなやつをえらんで、おもて表紙の見出しを、読む。コロナうずで、ミュージカル観客激減。だって。ミュージカル。ミュージカルって、なんだろう。どんなんだろう。観客、ってんだから、サーカスみたいなもんかな？　それか、旅芸人の芝居小屋？　そんなんだろうか。それか、見世物小屋。ね。

まぼろしの怪魚、現る！

ね。みっちゃん。あたしが子どものころ見世物小屋で見た怪魚はね、目も口もうろこもなくて、毛がポツポツ生えてて、入り口でわたされた餌んなる葉っぱでつつくと、ぴゅーってなんか噴くんだけど、あとで兄貴がおしえてくれて、あれは牛の腸を裏返しにして中に水入れて縛っただけのやつだって。つつくと毛穴からぴゅーって水が飛ぶだけだって。そんなんであんた、五十銭もとられんだから、まいっちゃうねえ。そんなやつだろうか、ミュージカルって。怪魚の見世もん、みたいな。看板にいつわりあり、のクチの。あ、けど、人魚のミイラなんてのも来たけど、あれはホンモンだった。指の間にこんなして水掻きついてんの。たまげっちゃうねぇ。あれは、まちがいなくホンモンだった。あと、ふたつ頭の山羊の剝製。ふたごの山羊が首から上は別々で、胴体はいっしょんなってんの。あれなんかも近くで見ても縫い目がないから、ホンモンだった。あとは、あれだ。キンタマ娘。あれは、ホンモンかニセモンかってったら、むずかしいなあ。キンタマって言われればそうかなあ、っておもうけど、ただマメのとこがうまれつきでっかいだけで、キンタマかマメか区別できないのよ。それを大股おっぴろげて、自分でむすんで見してくれんの。だからキンタマにしてもマメにしても、むすべるだけ長いことにはかわりない。だから、そうだねえ、五十銭の値打ちはあったか、って聞かれたら、あったかもしんない。大盛況で、入り口の口上もしじゅう気合いが入って、ツバキがびしゃびしゃ飛んできてかおにかかった。でもキンタマ娘本人は、それはそれはきれいなかおしてたねえ。きれいなかおしてたから、キンタマでもマメでも、あんなもん持ってうまれてきて、余計かあいそうで、嫁の貰い手がないだろうなあ、ってったら、兄貴が、なあにあの女はもう結婚して子どもも三人いる、ってんだから、おったまげちゃったよ。兄貴はほら、ここだけの話アレだから、興行の親玉もよく知ってんの。じゃあもう娘なんて看板かかげて振袖着てるのも半分はうそっこだったのかっておもったけど、うそっこだってわかってても、せつないことにかわりない。今、カネ払ってでも、もう一遍見たいなあ、ってゆうのはあれくらいかもしんない。キンタマ娘。ね。

ちょっとしずかにしましょうか。

と、みっちゃんが言った。

化粧っ気のない、ガタイのいいみっちゃんの声は、ドスが利いてる。

　みっちゃんの横顔を、盗み見る。みっちゃんのお手入れしてない眉毛は、ぶっとい。それは、ちょっと見、蛾の触角みたくて、お手入れはしていないんだけども、もともとの毛並みが、すこぶる、いい。

　そうそう。あのね。これは八卦見におしえてもらったんだけど。当たるも八卦当たらぬも八卦の、八卦。ね。八卦見ってゆっても、ここだけの話インチキ八卦見なんだけど、当たる当たるって評判だった。兄貴がゆうには、八卦見やる前は飲み屋の女だった、って。お客や、仲間の水商売の女なんかの来し方行く末を、酒の席のおあそびで占ってやってて、当たる当たるって評判んなって、酒目当てでも、女目当てでもなく、占い目当てのお客が増えて、いっそカネを取ってやろう、ってなって、けど人相見じゃあんましありがたがられないから、本格的なお道具そろえて、八卦見んなった。ゼイチクやらサンギなんかをどっからか手に入れて、うやうやしい手つきでもってシャラシャラやってた。ね。そのインチキがゆうには、八卦なんて読めなくても、ぱっと見でわかる。女は、化粧のやりかたで、わかる。男は化粧しないから、いろんなことがじかにわかる。女は化粧で誤魔化そう誤魔化そうとして、その誤魔化し方でわかる。って。とくに、眉毛。ね。眉毛をまあるく描く女は、しあわせか、まあまあしあわせの部類で、まっすぐ描く女はふしあわせだけど頑張ってるしるしで、あんなふうに、キュッキュッて角をつくる女は、いろんな事情をかかえてる。あの女医みたく。ね、みっちゃん。外国ったって、満洲とか台湾じゃない。なんてゆうんだろうねえ、メリケン、そう西洋のメリケンで、色恋沙汰で、おかしくなる寸前まで、身をよじって泣いた女だよ。

おねがいだから、カケイさん。しずかに待ちましょう。

と、お願いされる。化粧っ気のない野ざらし眉毛のみっちゃんは、誤魔化しが微塵もない分、取りつく島も、なさそうだった。

みっちゃん、怒ってんのかな。

ごめんなしゃい。

とりあえず、あやまる。顔色うかがいで、とりあえずあやまっとく。

カケイさん、もうじきですからね。もうじき、検査結果が出ますからね。

あい。みっちゃんの言う、もうじき、はいつまでだろう。

もうじき、は、いつまでですか。まだですか。と、おたずねしたいけど、よしとく。

目の前にいる子どもととしよりは、まだ咳をしてる。あんなにふかい咳してんのに、マスクは隙だらけで、口に手をあてる気配は、ちょっともない。子どもは『のりもの』という本を読んでる。としよりは『わかさ』という本を読んでて、子どもと、としよりは、こっちから見物してっと、鈍くさそうな馬鹿面が、にてる。だからかもしんないけど、たまにとしよりと子どもをいっしょくたにして、赤ちゃん言葉ではなしかけてくるのがいる。自分もとしより寸前の、若づくりの女に、そんなのがおおいい。子どもととしよりは、ふつうの大人にできることがちゃんとできない、というところが似てる。けど、一周まわってっから、やっぱりとしよりは子どもよかちったあマシだとおもうのよ。でも、としよりの方は、かあいくないのと、明日はわが身でもっておっかないから厄介者あつかいなんだけど、まあ若いときは誰だって、あたしだって、自分だけはとしよりにならないぞ、とこころに誓って、としよりを厄介者あつかいしてたんだから、仕方ない。けど、しらないあいだに少しずつ少しずつとしよりになって、気がついたら誤魔化しようのないくらいとしよりになってるってのは、厄介者あつかいしたときの因果応報かもしんない。で、案の定、厄介者あつかいされちゃう。やったことをやられっちゃう。だからといって、厄介者あつかいされて、そんときに正面きって怒っちゃっちゃ、負け。そういうのは、じいさんがやることで、ばあさんがやってはいけない。じいさんは、だいたいがタチがわるい。とくに校長だの園長だの社長だの部長だのやってたのは、隠居したあともずっとずっとえばってて、みんなかあいそうとおもってつきあってやってるだけで、内心、あーあ、とおもってる。それがわかんないで、ちょっとでもとしよりあつかいされようもんならムキんなって怒るでしょ。

あー。じいさんにうまれなくて、しみじみよかった。

あ、でも、じいさんの中でも、いいじいさんがたまにいる。米山のじいさん、とか。米山のじいさんは、漁師だった。農家じゃないけど、米山です。海にいたけど、米山です。っていつも真面目なかおして、自己紹介する。それで、みんなにうんとわらってもらえる。米山のじいさんは素人だから、自分ではわかってなくてやってるんだけど、ときどきおもしろいことをやったり、興がのってくるとふいに英語をしゃべったりする。なんでも、いっとき進駐軍相手に靴磨きやってたかなんかで、そんときの癖が出んだろうね。

米山さんて、天然ですね。

と、デイサービス『あすなろ』のみっちゃんたちは、うわさしてる。

『あすなろ』のみっちゃんたちは、サーモン・ピンクの襟付きのかぶりもん着てて、今おとなりにいるうちに来てくれる『ほほえみ』のみっちゃんたちは、エロー・グリーンの襟付きのかぶりもん着てて、としよりのお世話仕事やってる人は、だいたいが色つきのかぶりもんを着てる。それは、生地が伸び縮みしていごきやすいのと、うんこやしょんべんが多少ついても白衣ほど目立たないのと、白衣着てるのより位が低いのが一目瞭然だからだ。

と、おもう。

でも、まあ、とにかく、としよりになったら、ほかのじいさんたちみたくえばってるのは負けで、おもしろいことを言ったりやったりしたもん勝ちだ。

たとえばのお話。お元気ですか？　と聞かれる。これだって考えればヘンな話なんだけど。だって、年とったら、どっかしら痛かったり悪かったりなんだから、元気なはずないんだけども、若い人間にはそういうことがわかんない。で、聞いてくる。お元気ですか？　って。ね。そん時が、勝負。けど、たいていのとしよりは、勝負どころがわかんない。もしも多少アレでも、たいがい勝ちにいこうとする。で、こたえる。

はい、おかげさまで。

って。ねえええ。これじゃあ、ダメよ。自分をよく見せよう見せようとして、若く見せようとして、ダメんなってる。せっかくのチャンスをみすみすフイにしちゃってる。そうそう、前に飼ってたチャンスって犬は、雑種だったけど、りこうだった。じつに、おりこうさんだった。あれっ、なんの話だっけ。そうそう、お元気ですか？　って聞かれたときのこたえは、まあ、これっていう正解はない。人生みたく。人生にこたえがあれば、としよりは苦労しない。みんな、あれこれ、後悔しない。みんな、たいがいのとしよりは、後悔してる。見合いで結婚した人は、一度でいいから恋愛したかった、って言うし。めずらしく恋愛で結婚した人は、親の反対押し切った因果で、たいてい今んなっても金で苦労してる。そんで今ごろんなって、ああ親の言う縁談の方にしとけばよかった、って言うし。ばあさんの八割か九割方は、亭主にずいぶんと前に先立たれてて、結婚生活はとうに終わって、とっくに結果が出てんのに、まだ言ってる。馬鹿みたいに。繰り返し繰り返しずっと言ってる。

それが、人生。

あれっ、もともとなんのお話してたっけ。なんの話だっけ。

まあ、いいや。なんだって。

安田(やすだ)さん。安田カケイさん。

あい。名前を呼ばれて、立ち上がろうとするがダメで、ああダメだったと、やってみたあとで気づく。気持ちの中では立てたころの自分だから。すっくと立てたころの、としよりはとしよりだけど、今よりはましだったころの。白髪は白髪だけど、パーマネントあてるくらいの髪の毛があったころの。じっさいは、一度もあてたことなかったけど。けどわる気がなくても、若く見積もると失敗する。こんなふうに。あー、なさけないねえ。

うつむく。お隣にみっちゃんがいるから、意識して、大袈裟(おおげさ)に、うつむく。

すかさず、みっちゃんが手を貸してくれて、おじぎしてください、というから、あい、こんにちは、といっておじぎすると、自然に立ち上がることができた。今日のみっちゃんは、背が高くてガタイがいい、化粧っ気のない、職人気質(かたぎ)のみっちゃんだ。前にも何度か来たことがある、つめたい手ぇした、みっちゃんだ。やっぱり、今日も手がつめたい。手はつめたいけど、あんしん感はバッチリだから、あんしんして歩きはじめる。

あああ。

けど、はずかしいなあ。おむつあてて、ガニ股で、手を引かれて、えっちらおっちら赤ん坊歩きするまで長生きするなんて、正直おもってなかったなあ。あともうすこしすると歩けなくなって、這(は)ってくことになんのかなあ。

なんか、みんながこっち見てる気がするなあ。

診察室の戸は、すぐそこに見えているのに、はてしなく、とおいい。

ようやっとたどり着いて、まあるい椅子に腰かける。病人は不安定なまあるい椅子で、女医は肘掛けのついた安定感のある立派な椅子に座ってて、みっちゃんと看護婦さんは、立ちんぼうで、かあいそうだ。

前回少量あった蛋白は、今回の採尿ではありませんでしたね。血糖値もコレステロール値も前回とほぼおなじですね。

機械の画面を見ながら女医は、当の本人のあたしを無視して、みっちゃんに言った。

念のため、お薬出しておきますね。

それはなんのお薬でしゅか。

聞くは一時の恥。で、聞く。しぇんしぇ、あんまりお薬おおいいと、その分おなかがふくらんじゃうのよ。もともと、ご飯あんまし食べらんないのに。無理やり食べてパンパンになったとこに、お薬だもの。苦しいの、苦しくないの。けどご飯これ以上へらすと、足にちからがはいんなくなる。しぇんしぇ、この足がこんなふうに曲がっちゃったのは、やっぱり働きすぎたのがよくなかったのかねぇ。ずっとミシン踏んでたから。ちっこいのおんぶして、タカタカタッタッターって、いっつもミシン踏んで、スリップ作ってたの。レースたくさん縫いつけて。あと、ブラジャとパンツ。じぇんぶお揃いのシルクの生地でこしらえる。仕事がきれいだって親玉に褒められて、どんどん仕事よこされた。ね。進駐軍の奥さん用の下着三点シェット。スカイ・ブルーならスカイ・ブルー、セピア・ブラウンならセピア・ブラウン、ファイヤー・レッドならファイヤー・レッド、ナイト・ブラックならナイト・ブラックで三点シェットにして、サイズごとに箱に入れてく。けど外国の人は、なんであんなにおっぱいがおおきいんだろうねえ。ミシン踏んでてひょっと見ると、パッドの中で野良猫が昼寝してんだから、あきれっちゃうよ。よっぽど寝心地がよかったんだろうねぇ。そんなしてたら、こんどは、あれだ。昼ごはんどきんなると行商の八百屋が来て、玄関で話し込んでくでしょう。行商の行李ぜんぶ下ろして。なんだろうねえ。馬鹿にされてたんだろうかねえ。お茶出せ、って、お茶出しさせて、売りもんのおはぎ自分だけ食べて、残り置いてくからねっ、て言うから、てっきりくれるとおもったら、金取んだよ。お茶出しして、残りもんのおはぎ買わされて、おはぎすきじゃないのに。だから馬鹿にされちゃいけないってつくづくおもうんだけど、背丈がこんなでしょう。今だって小学生の孫のお下がり着させられてるから、だからねぇ、しぇんしぇ。……しぇんしぇ。

女医は聞えないフリして、機械をカタカタやってる。

あんたねぇ、と言いたくなる。あんたねぇ、それは耳のとおくなったとしよりだけの秘密兵器で、あんたみたいな人間が使っちゃっちゃ、だめでしょう。としよりがやるから、愛嬌があっておもしろいんだから。都合のいいときだけ聞えて、都合のわるいときは聞えないフリをする、アレ。ね。

だけども。今のはたんなる無視で、やられた方はせつなくて、いかりをとおりこして、みじめんなる。だって医者に馬鹿にされちゃっちゃ、それはもう、人間として生きてても死んでてもどっちでもいい、ってゆう犬猫宣告にひとしい。

まあ、兄貴みたく学校行ってる時分から先生殴ったり、学校やめたり、ヤクザななりしてパチンコ屋はじめてポン中んなってパチンコ屋つぶしたりしてた人間は、いろいろやった人間は、みんなから内心では馬鹿にされてても、それ以上におそれられてっから、表立っては馬鹿にされない。デイサービスでも兄貴のこと知ってる人間は、おおいい。それは、ほとんど地元の人間だからで、兄貴が死んでながいこと経つけど、地元の人間は兄貴のことたいてい知ってて、死んだ今でもおそれられてる。駅前に二軒パチンコ屋持ってた金子ってったら、有名だから。自慢じゃないけど、有名人だった。

そうそう、デイサービスには、兄貴の女だったのもいる。広瀬のばーさん。そんで、広瀬のばーさんは、太ももに弁天様彫ってて、背中一面に蓮の花彫ってる。そんで、いまだに白粉塗りたくって、眉毛キュッキュッて角こしらえて描いて、真っ赤な口紅塗りたくって、つくづく業がふかいねえ。風呂に入っても、かおは化粧落とさないよう洗わないで、でも汗で何本も何本もスジができて、風呂からあがったらまっ先に化粧なおして、上からベタベタ塗りたくってる。その様子がなんとはなしにおもしろいから見てっと、鬼の形相でにらみ返してくる。広瀬のばーさんは、もともとあたしのことよくおもってないから。なにが、ってわけじゃないんだろうけど、虫がすかないんだろうねえ。広瀬のばーさんの業は、なんだろうなあ、淫業とでもゆうのかなあ。そんなのを、傍で見てっと、わびしいことこの上ない。

ところで。なんのお話だったっけ?

それは、なんというお薬ですか。

みっちゃんが、たずねる。

女医が、は? となって、椅子を回して、こっちを向く。

増やすお薬はなんの薬か、ご本人さまが気になっているようなので。

ああ、そう。炭酸リチウムです。

……炭酸リチウム……。なぜ抗躁剤が必要なんですか。二年前にも一度、リーマスを処方されましたよね。その時カケイさん一日じゅう眠そうにしてて、ある日、ベッドと壁の隙間に挟まれて出られなくなって大変なことになったんです。

ご家族様からご報告ありませんでしたか？

……………そういった報告は…………見当たりませんね。

そうですか。とにかく、リーマスやめたら元にもどったんです。その後つづけてリーマスを処方されていないということは、なんらかの理由があったと考えるのが、妥当です。それなのに、なぜまたおなじ炭酸リチウムを処方されるのですか。

まあ、ご本人がどうのこうのじゃなくて、周りが大変でしょうから。このような興奮状態で、のべつまくなし喋りつづけられたら、大変でしょう。

だれが…………ですか？

ご家族が。

ご家族様は、週に一回、二時間くらい来るだけです。

では、あなたがたが。待合室のやり取りが、ここまで聞えてきましたよ。とりあえず興奮状態をしずめてやらないと。

女医のもの言いは、なんだか恩着せがましいうえに、紋切り型で、じいさんみたくえらそうだ。

わたしたちは、仕事ですから。大変ではありません。抗躁剤はいりません。

みっちゃんのかおつきが、だんだんと、戦車に、似てくる。

わかりました。じゃ、今までどおり、で。ですが、お薬の件はこちらからご家族に連絡しておきます。提示した薬を、ヘルパーさんがいらないと言ってる旨もお伝えしておきます。はい。じゃ、もういいですよ。

あきらかにこっちを下に見て、つっけんどんに、ところ払いを言い渡される。

よっこらしょ。立ち上がろうとするがダメで、ああダメだったか、と、やってみたあとで、気づく。みっちゃんが、あたしの肩に、手を置いた。

先生は、外国にいたことがおありですか。

だしぬけに、みっちゃんが、言う。

それで、泣いたことが。

絶句して、女医は、みっちゃんを、にらんだ。

おおおおお。

このみっちゃんは、なかなかやる。

リーマスを飲んでいたとき、カケイさんは自分でトイレに行こうとして体勢を崩し、ベッドと壁の隙間に落ちて、十数時間放置されました。その日は朝からご家族様対応でしたが、今来てみたら大変なことになってる、ひとりじゃ対処できないから誰かよこしてくれ、と会社に連絡があったのは夜の八時すぎでした。

呼び出されて駆けつけたところ、カケイさんはぴったりベッドと壁の間にはまっていて、たすけてたすけてと呼ぶ声は、ひどく掠れてしまっていました。

ご家族様と所長とわたしの三人がかりでようやくたすけ出したカケイさんは、全身が軟便にまみれていました。お薬の説明書きを読んだところ、注意事項のひとつに『下痢』と書かれてありました。

…………。

先生。髪の毛に便がつくと、拭いても洗っても、何日も便の臭いがとれないんです。

……………。

先生。カケイさんが先生のお母さまだったとして、それでも先生はおなじ薬を処方されますか？

ドスの利いた声でみっちゃんが言うと、低い声に連動して、薬棚のうっすいガラスがチリリと鳴った。

……………。

緊張感が、みなぎる。

手に汗にぎる。

女医がなにかを言おうとした瞬間、みっちゃんがあたしに、おじぎをするようにおへそを見て立ち上がってください、と言い、あたしは、あい、こんにちは、と言ってすっくと立ち上がってやった。

では、失礼いたします、と、みっちゃんが言い、おじゃましました、とあたしが言い、スタスタは無理だけど、がんばって、ポクポク歩く。

すこし行って、ふり返る。

女医は、だまったまんま、角ばった眉と眉の間にふかい皺(しわ)をこしらえて、どっかとおくを、睨んでる。

帰りの道中は、車椅子だ。

とちゅう、みっちゃんが自動販売機でつめたいジュースをかってくれて、ジュースのことは内緒ですよ、と言って、日陰に連れて行ってもらって、マスクを外して、ごくごく飲んだ。

おいしいでしゅ、ありがとございましゅ。

礼を、ゆう。みっちゃんは、かなしいかおで、ちょっとだけわらった。

カケイさん。

あい。

次回の介護保険更新のとき、介護度があがる可能性はすくなくなってしまいました。

あい。

もしかすると、介護度が下がってしまうかもしれません。

あい。

そうなると、訪問回数をへらしたり、デイの回数をへらしたりしなくてはならなくなるかもしれません。

あい。あ、でも、デイサービスの回数をへらされるのは、困ったなあ。

そうなんですか、カケイさん。デイがすきって、しりませんでした。

みっちゃんが、びっくりしてる。

あのね、みっちゃん。ここだけの話、あたしがすきなのはデイサービスではなくってね、あたしがすきなのは……

ほんとうのことを言おうかどうか、正直、迷う。

カケイさん。

あい。

あたしは、身がまえた。

あの、ですね。つかぬことを、おうかがいしますが。

あい。

いよいよだ。いよいよ、くる。決定的な、なんかが。

カケイさん。

あい。

カケイさんは、今までの人生をふり返って、しあわせでしたか？

ああっ？

カケイさんの人生は、しあわせでしたか？

とつぜん。人生がおわった人に言うみたいに、たずねられる。過去について考えさせられる。しかも自分の。兄貴の過去や、広瀬のばーさんやなんかの人生については、てきとうにこたえられる。あの人らは波瀾万丈（はらんばんじょう）だから、しあわせじゃないけども、きっと後悔していない、って。こんなふうに。無責任にスラスラ言える。けど自分の人生についてしあわせだったかとたずねられても、考えたことがないから、正直言って、わかんない。

みっちゃんのかおを、じっと、見る。みっちゃんは、しんけんそのものだった。

仕方ない。自分の来し方を、そのまんましゃべってやろう。

ええっと。おとっつぁんは、箱職人だったのよね。箱職人ってゆうのは、厚紙の上に型紙置いて線引いてそれを切って組み立てたやつにきれいな和紙や布を貼って、まんじゅうやら砂糖でできた鯛（たい）やらを入れてお祝い用にすんだけど、箱職人は職人の中でも一等ビリで、鳶(とび)とか左官なんかに盛り場であうと、かならず小馬鹿にされっちゃう。だから家でその分えばっておっかさんを殴ってたって。理屈はないんだけど、ただ八つ当たりで殴ってた、って。そのせいでおっかさんは鼓膜が破れて、破れた時に内っ側(うちかわ)に飛んだ血が目の裏に溜(た)まって、目が半分以上見えなくなったって。でもおっかさんはなんも言わず医者にも行かずがまんしてて、おかしいなとおもったばあさんが、姑(しゅうとめ)のばあさんが医者に連れてったときは、耳も目も手遅れだったって。明治女はがまんづよいんだろうかねぇ。ばあさんもがまんづよかったけど。おっかさんもがまんづよかった。がまんしてがまんして、苦労して苦労してあたしをうんですぐ死んじゃった。だから、かおも祝言の写真でしか、しらない。おっかさんが死んですぐ、まま母がきた。まま母はもともとが八兵衛(はちべえ)だったのよ。八兵衛ってのは、お女郎のことで、成田山(なりたさん)にお参りに行く時、いっぺんに歩いてくのは無理だから、ここいら辺で宿を取るでしょ。そんなの相手にするお女郎。「行きにもしべえ、帰りにもしべえ」、って。しべえしべえで、あわせて八兵衛。ね。うまいこと言った。これ考えたの、素人じゃないよ。ね。おとっつぁんはそんなとこで女買いしてたの。まま母ってのは、もともとがそんな女なの。それが兄貴とあたしを目の敵にして、ちょっとしたことで薪で叩く。毎日毎日。何度も何度も叩かれて、痛いの、痛くないの。朝日が覚めて、ああ今日もまた殴られる、とおもうでしょ。だから夜寝る前に、あした目が覚めないように、ってなんども唱えて寝んの。でもすぐ朝んなって、ああやだな、今日もまた殴られる、っておもって、ほんとに殴られる。毎日毎日。しまいに、カケイは頭がよわいから育てたくない、って、兄貴に、おまえ育てろって言って、兄貴にあたしをあずけて、おとっつぁんのいない隙をみはからってどっかの若造と出かけっちゃう。あずけられた兄貴は兄貴であたしをだいちゃんに丸投げしてあそびほうけてて、だいちゃんは、だいちゃんというくらいだから、来たときからおおきくて、ううんとおおきな犬だったねえ。紀州犬だか秋田犬だかおおかみだかの血を引いてるってことだったけど、ほんとのとこはわかんない。ある時、だいちゃんが父親のわかんない子犬を五匹うんだから、兄貴はこれさいわいで乳やりのどさくさにまぎれて、子犬をどっかにうっちゃらかして、そこにあたしをほうりこんだ、って。だからあたしは、だいちゃんのお乳を吸ってそだったの。ものごころついてもしばらく、だいちゃんのお乳を吸ってたの。なんとなく、おぼえてんの。あのね、誰にも言わないでよ。ここだけの話、あたし、だいちゃんのこと、かあちゃん、て、呼んでたのよね。あたしをうんだおっかさんともまま母ともちがうんだけど、なんてゆうかなあ、だいちゃんのこと、かあちゃん、て呼んでたの。あたしはちっこい時分から家のことでこき使われて、ほとんど小学校に行かせてもらえなかったけど、けど、自分で新聞だけは読めるようにした。だって、新聞読んでる恰好って傍で見てて見栄えがいい。うんとうんと見栄えがいいでしょう。だから、まま母の目ぇ盗んで、がんばって古新聞の上に文字のれんしゅうして……

カケイさん。

あい。

わたしは今、離婚調停の最中です。夫は廃品回収やらゴミ屋敷の掃除やら孤立死したり自死したりした人の遺品整理やらをする会社を経営していて、かなり繁盛しています。しかも正式な儲けいがいにも、遺族がしらないタンス預金やら貴金属やらを着服していて、帳簿に載らない利益もあります。それなのに家のローンいがいの生活費を一銭も家に入れてくれません。仕方なく、わたしがこうして働いて生活費のすべてをやりくりしています。でも、もうなんだか疲れてしまいました。それで、別れてほしいというと、ならおまえ一人で出てけ、子どもたちは置いてけ、と言われました。夫は、子どもたちを可愛(かわい)いとはおもっていません。むしろ、邪魔だとおもっています。わたしのことも、子どものことも、正直言って邪魔なのです。もともとあの人は、結婚にはむいていません。ケチな人間のほとんどは、結婚にはむいていないとおもいます。でも、ケチな人間にもそれなりに世間体があるのと、タダでセックスしたいのと、そんな理由で結婚してしまうのです。当然、避妊もケチるので子どもができ、堕胎費用もケチるので息子と娘がうまれました。子どもたちには、かわいそうなことをしました。ろくにオモチャも買ってやれず、家族旅行など一度も行ったことがありません。それで今は、養育費でモメています。あの人は、とにかく養育費は払いたくない、だから子どもたちは置いて行け、と言い張っています。あの人は、子どもの食費やら服代やら医療費やら塾代やらが、どのくらいかかるのか知りません。でも単純計算すれば、わたしが請求している養育費がいかに良心的かということはすぐわかるはずです。けどあの人は、出ていく金の計算はやりたくない、と寝ぼけたことを言うのです。いっそ養育費はいらない、と言えればいいのですが、家賃を払って生活をやっていけるか不安です。今は調停中ですが、調停は毎回モノ別れにおわっています。このままでは裁判になるのは必至です。そうなれば、今のわたしには弁護士を雇うお金がないので、子どもたちを取られてしまいます。

そこまで一気にしゃべって、みっちゃんは、だまった。

だいちゃんを、おもう。こまったときは、だいちゃんを、おもう。だいちゃんの、においを、おもう。毛を掻き分けた地肌の、におい。もあもあっとした、あの、におい。おもい出しついでに、チャンスのことも、おもい出す。だいちゃんは、やさしくて、おりこうな犬だった。チャンスは、健一郎（けんいちろう）がどっかからひらってきて、いつからいつまでいたのかはわすれたけど、うたがいようのない雑種だったけど、おりこうだった。どちらも、待て、と言うと、目の前に大好物の餌があっても、骨があっても、よし、と言うまでいつまでも、待っていた。いつまでもいつまでも、待っていた。

チャンスを、待て。

と、言ってみる。みっちゃんの人生について、なにか言ってやりたくて、かっこいいこと言ってやろうとして、こんなふうになった。

まあまあカタチはついた。と、おもう。

みっちゃんは、目をおおきく見開いて、あたしを、見た。それからあたしの手をとって、泣いた。

みっちゃんの手は、海老川のほとりで泣いたおんな、だ。

手と手を握りあって、じんとしたきもちで胸いっぱいになっていると、ご近所の、ほらアレ、名前はわすれたが、よく知ってるアレが、むこうから近づいてきて、
あらあ、安田さんのおばあちゃん、お元気？

と、言ってきた。せっかくのいいムードが、台無しになる。

半分、死んでる。

つっけんどんに、あたしはこたえた。名前はしらないがよく知ってるアレは、お愛想わらいをうかべつつ、お元気でなにより。こんど大根煮たら持ってくわね。おばあちゃん、すきだったでしょ？　ね。お大根。などとみっちゃんを意識して、

こころにもないせりふを言って、とおざかった。

あらかた、死んでる。

こんだ会ったとき、また、お元気? と聞かれたら、こんなふうに言ってやろう。と、おもう。もっとも、こんど会うときには、わすれているとおもうけど。けど、みっちゃんにだけは、おぼえておいてほしいから、そのことをこっそりおしえてやる。

カラカラ、わらう。

ガタイがいい、職人気質のみっちゃんのわらい声は、はじめて聞いたが、夏のそらにまっすぐ届く、いい声だ。


朝が、くる。

今日も、朝が、めぐってきた。

ありがたいような。ありがたくないような。

手を見る。

ひっくり返して、手の甲を見る。

近所に住んでて、あたしをゆいいつ可愛がってくれたばあさんは、死に際、鏡を覗き込むように自分の手をじいっと見ていた。

ばあちゃん、なにが見える？

花が見える。いっぱいいっぱい花が見える。

なんの、花？

ほら、あれ、なんていう花だったっけねえ。しろいんだけど、はなびらの根元があかい。あれ、なんて花だったかねえ。カケイにも見せてあげるよ。ほら。

…………。

こっちに向けられたばあさんの手のひらは、若いころのまま丘が張って肉づきが良かった。ばあさんの手は、みんなから、糞づかみの手と言われて、糞はウンとも言うから、運をつかむと言われて、ぜひにと乞われて嫁に来た。けど、ふだんは男に交じって力仕事やって、正月は正月で、本家の手伝い仕事をやって、年がら年中、朝から晩まで働いてたけど、苦労苦労で、貧乏のまま死の床についた。

カケイ。女はねえ、絶対手に職つけなきゃ、損するぞ。

と、ばあさんは言ってた。いっつもいっつも、言ってた。

ああだけど、職のつかないこんな手にも、きれいな花が咲くんだねえ。

それだけ言って、おおきなイビキをかいて、その夜のうちにばあさんは、死んだ。

今日。

ばあさんが見ていた花は、あたしには、とうとういっこも見えなかった。

あたしの手は、表も裏もしわしわのただの手で、ああまだ生きてる、今日一日、まだ生きる。と、ありがたいようなありがたくないような実感が、わく。ばあさんに言われたとおり手に職つけてミシンやって、ブラジャのキワのぎりぎりにレース縫い付けられるようんなって、上等の薄物もやり方を自分で考案して、引きつれないよう下糸も上糸もゆるゆるにしてゆっくりゆっくり生地を咬まないようにやるやり方を自分なりに考案して、親玉にうんと褒められて見本品にされてみんなんとこに回覧されたりしたけども、おべっかつかって『先生、先生』と呼んで考案したやり方を盗もうとすり寄ってくる人間もいたけども、あたしはどんな人間にだってケチしないで、やり方を気前よく丁寧におしえてやった。それで、たくさん金をのこした人間もいるけど、ひとりだって菓子折り持ってあいさつに来た人間は、いない。口では『先生、先生』と言っても、内心ではみんなあたしを小馬鹿にしてた。ぼろっちいなりして、ちっこいのおんぶして、ミシン踏んで、親玉にうんと褒められても、貰えた金はみんなよりうんと安かった。これは、ずいぶんとあとから知ったことで、あたらしい親玉がかあいそがって引き抜いてくれて、おしえてくれた。

そんなバタバタだったから、あたしは自分がどんだけお金のこしたか聞かれても、通帳は兄貴かみのるが持ってたから、いくらのこしたのか、わかんない。それがめぐりめぐって今どこにあるかも、わかんない。ためしに家じゅうほっくり返してさがしても、五円玉とか十円玉が一個か二個みつかるだけで、こころもとないこと、この上ない。

あー。だけど、よけいなこと考えてても、考えてるだけじゃ、ラチがあかない。なにひとつ、前にすすまない。わかっちゃいるけど考えはじめたら、ずるずるとあれやこれや考えつづけて、気づくと一時間や二時間は平気で経ってる。まいっちゃうねえ。

そうそう。今日が生きる日としたら、目が覚めたとたん忙しくなる。まず、しょんべんしに便所に行かなくちゃなんない。それから新聞を取りに行かなくちゃなんない。前に、目が覚めてももたもたしてて新聞取りに行かなかったら、どのみっちゃんかはわからないけど、来たみっちゃんが、合鍵で鍵開けるとき、カケイさんが倒れてるんじゃないかとおもってドキドキしましたぁ、と言ったので、かあいそうだから玄関の鍵開けて新聞取りに行かないといけない。だいいち、新聞の日付を見ないと今日が何年の何月何日なのか、さっぱりわかんない。

ちょっと肌ざむいから、冬かな。でも、冷房機から風がくるから、夏かもしんない。

よっこらしょ。ああ、だめだ。今日は調子がわるくて、柵を持っても、起き上がれない。みっちゃんを、まつか。いやいや。それじゃ、みっちゃんが合鍵使わなくちゃなんなくて、よけいな気を揉ませるとかあいそうだから、横着してる場合じゃない。とりあえず布団をはぐ。はいだ布団を足で蹴って、下に落とす。回転して、尻を寝台のへりギリギリまでもってきて、横向きんなって、柵を逆手でもちなおす。肘にちからを入れる。へそと肘を目いっぱい踏ん張って、柵を手前に引っ張るようにギュッてやると背中が浮いた。

いまだ。

どっこらしょ。おっきい声で叫ぶと、起きることができた。

よっし。こんどは、立つぞ。

あい、こんにちは。

と言って、おじぎをすると、立てた。よっし。こんどは歩くぞ。

えいえいおー。

ミシン、戸棚、ふすまのへり、廊下の手すり、便所のドアの取っ手、便所の入り口の手すり、窓際の手すり。順ぐりにやって、最後に左手に持ち替えて、向きを変えて、しっかり踏ん張る。右手でズボンとモモヒキをいっしょくたにして片側をすこし下げる。左を下げる。右を下げ左を下げて、何回もおんなじことを繰り返して膝まで下げたら、おんなじ要領でおむつを下げる。何べんか目で、ようやく尻が丸出しになる。そこで、わかる。

汗だくだから、暑いから、今は、夏だ。

さあ、座るぞ。おっこらしょ。

座るのとしょんべんが出たのは、ほとんど同時で、あぶなかった。

ああ。

便所の窓から見える空には、入道雲がもくもく生えて、小雀がチュンチュン鳴いて、しょんべんは、じょろじょろ、じょろじょろ、ほそく出て、いつまでたっても、止まらない。


今日は、八月二十三日だった。

新聞の日付とカレンダーをつき合わせて、かくにんする。

八月二十三日。日曜日。ご家族様対応。

と、カレンダーに書かれてある。もう一度かくにんしても、やっぱりおなじだ。

今日は日曜だから、みっちゃんが家に来る日でも、デイサービスの日でも、ない。

みっちゃんたちの日は、ほっとする。『ほほえみ』のみっちゃんたちも、『あすなろ』のみっちゃんたちも、だいたいがやさしい。まあでも意地悪なやからもたまにはいるが、そういうのは、たいがいすぐ、あいさつもなくいなくなってる。

あー。けど今日は、ちがう。やだなあ。とおもいつつ、茶をすする。きのうの夕方みっちゃんが入れてくれた宵越しの茶は、しょんべんみたいな色んなってて、まずかった。

嫁が、くる。

嫁はど派手なロマンス・ピンクのマスクして、『ヤマイチ』と『東武百貨店』

のふくろと『アテント』と寝床に敷く「大型犬用ペットシーツ」を抱えて、こんにちは、でもなく、おじゃまします、でもなく、ドカドカとあがりこんでくる。

ばあちゃん、生きてる？　いきなり、言う。開口一番。

半分、死んでる。

言い終える前に、頭を、はたかれる。そんだけ減らず口叩けんなら、自分のことぐらい、自分でやれ、っつーの。ああ、じゃあマグミット飲んだ？　昨日？　昨日の夕方のヘルパー、マグミット飲ませてくれた？

わかりましぇん。

ああっ、もうっ。今飲んでも、いる間には間にあわないから、浣腸するよっ。じゃあすぐトイレ行って。今便所行ったばっかでしゅ。でもうんこ出てないんだろ。腹がポンポンじゃんか。こないだみたく腹いたで転げ回って救急車呼んで、結果糞便塞栓で、この程度で救急車呼ぶな、とか医者に嫌み言われるのは御免だかんな。ほれっ、行くぞっ。それとも明日来る訪問看護師に摘便してもらうか？　ケツに指突っ込んで掻き出してもらうか？　そんなのは、いやでしゅ。だろ。なら、行くぞ。野良猫みたく首根っこをつかまれて、便所までズルズル引き摺られてゆく。

ほらっ、立ちな。ズボンのゴムを引っ張って、無理矢理立たされる。ズボンをおろされ、おむつの脇をビリビリ破られ、剝がされる。あ、今日はリハパン濡れてない。あい、さっき自分でおむつ取り替えました。

あー、リハパン一枚無駄にしたあ。

だから、言ったじゃないの。便所行ったばかりだって。

こころん中で、言ってやる。嫁は、なんでもうまくいったことは自分の手柄にして、わるいことはみんな人のせいにする。

なんであたしがここまでやんなきゃなんねーんだよ、冗談じゃねぇよ、ったく。文句言い言い、嫁は、ゴム手袋を二重にして、浣腸をもった。

じゃあ、うしろ向きになって、こっちにケツ出して。

仕方なく、お尻を突き出す。

あ。

その時。

足元にごろりとなんかが落ちてきた。みるとそれは、鞠だった。

つま先で、蹴る。嫁に、あたまを、はたかれた。

素足でうんこ蹴るやつがあるかっ、ぼけっ。

あ。もういっこ、落ちた。はたかれるのが嫌だから、こんどは蹴らない。

あー、便器の外にうんこしやがって。

だって、わかんないのよ。と、言いわけをする。いつ出るか、わかんないのよ。

糞婆あが糞踏んで、ギャグにもなんねー。

いい塩梅にまん丸のうんこをちり紙でつかんで便器に流し、そのあとで、ぬらしたタオルで床をゴシゴシやり、そのまま足をゴシゴシ拭かれ、尻を拭かれ、最後に、ゴム手で尻をはたかれた。

ちぇっ。

嫁はおおきな舌打ちをしたが、舌打ちしたいのはこっちもおなじだ。

あーーー、くっせえ。まじくせえ。

やみくもに霧吹きでシュッシュとやる。

便器や床をシュッシュとやり、シュッシュついでにこちらの手にもシュッシュを掛けられた。

近づいた嫁のかおを、まじまじ、ながめる。

嫁は、ほんとうの年がわからないくらい若作りしてて、マスクで隠れて上半分しか見えないけど、間近で見ると目のまわりにちりめんの小じわがあって、そこそこいい年だということが、わかった。

ねえ、ちょっと。おそるおそる、たずねてみる。

健一郎は、今日は、来ないの？

ああっ？

ひしゃげたかおの嫁はことさら、年食って見えた。

ばあちゃん、あのねえ。

聞こえよがしに、わざとらしいため息をつく。

健一郎はねえ、ばあちゃんのひとり息子は、二年前に、死んだろ。

あああっ？

だからぁ、ばあちゃんのひとり息子でぇ、あたしの旦那の健一郎はあ、二年前にぃ、死にましたぁ。

なんで？

なんで……って。それもわすれちゃったんじゃ、おしまいだね。

……そうか。健一郎は死んだのか。どうりで、ここんとこ、見かけないとおもった。

健一郎はあまやかして育てたから、わがままで、気が弱いくせに負けず嫌いで、見栄っ張りで、大学行きたいってゆうから入学金駆けずり回って集めたけど、ふた月ももたずに、やめた。借金あんのに、やれ車買うだの、やれ船舶の免許取るだの、うかれた事ばかり言って、仕事もちょっと行ってはやめ、またちょっと行ってはやめ、を繰り返してた。

けど。健一郎は、かあいかった。たれ目で、わらうとえくぼと八重歯が見えて、自分でもそれをわかってて、どこでもいっつもわらってて、ほらアレ、なんだっけ、二枚目半の、湯原なんとか、アレに似てて、なんともいえないかあいげがあった。だからとおもうが、女にモテた。いい気んなって、ふかし煙草をダテにふかして、やたらモテた。

けど。女にも、いいのや、わるいのがいる。いいのや、わるいのや、いろんなのが寄ってきて、本人もわけがわかんなくなって、結局、こんな嫁を引き当てた。

あー、けど、なんで死んじゃったんだろう。健一郎は、いったいいくつだったんだろう。

自殺だよ。

…………。

クルマん中で七輪焚いて、練炭自殺。パチンコで借金作って、自殺。

…………。

六十で。還暦ジャスティー。

…………ああ。…………そうか。つくづく因果はめぐるんだね。パチンコ……か。あれも、結局、兄貴や亭主の血筋だったんだ。兄貴や亭主とおんなじ、パチンコな血筋だったんだ。

逆縁は、しみじみ、こたえる。

ところで、ばあちゃん。メシ喰ったのか?

たべてましぇん。

じゃ、喰え。うなぎ買ってきてやったから。

あー、とおもう。やだな。と、おもう。嫁がこんなふうに猫撫で声出すときは、かならずなにか裏がある。それに。うなぎは、きらいだ。ちっこい時分、博打で勝ったかなんかで兄貴がうなぎ買ってきて、そん時、骨が喉に刺さって、散々な目にあったから。飯粒嚙まずに飲まされて、何べんやっても取れなくて、しまいに肥後耳鼻咽喉科で、べろに包帯ぐるぐる巻かれて、おもいっきり引っ張られて、でっかい毛抜きで引っこ抜かれた。

うなぎは、きらいでしゅ。しってる。間髪を容れず、嫁は、言った。けど、うなぎは精がつくだろ。これ喰って、そのあと黒にんにく喰って、元気で長生きしてちょうだいね、おばあちゃん。

どうしても食べなきゃだめでしゅか？　だーめ。なんででしゅか？

あのねえ。かおをあげ、嫁は、大袈裟にため息をついた。

みのる兄さん、おぼえてる？　みのる。みのる兄さん。先妻の子ども。

……………あい。

みのるは、あたしとは、たった八こちがいの、先妻の子ども、だ。たった八こちがいだから、あたしのこと小馬鹿にして、かあさん、とは呼ばなかった。

亭主は、前の女房にみのる置いて逃げられて、自棄(やけ)んなって兄貴のパチンコ屋に通ってた。兄貴の店は、はじめのうちアコギだった。兄貴と釘師(くぎし)と店員と、全員が全員でグルんなって、あの台出ますよ、と店員が耳打ちしてじゃんじゃん勝たせて、あとからガバチョとふんだくる。そういうアコギな手口でもって、さんざん儲けた。亭主みたいな大人しい人間は恰好のカモで、兄貴の狙いどおりすってんてんにさせられた。赤ん坊の手をひねるより簡単だった。と、兄貴は言ってた。亭主は身ぐるみ剝がされて、それだけじゃ足りずに、借金のカタに、仕方なしにあたしをもらった。

逆のカタ。取られるんじゃなく、押し付けられるカタ。

お役所勤めの堅気だったから。有無を言わさず押し付けられた。

亭主は、もともと無口で、大人しかった。何考えてるかわかんないくらい、大人しかった。なんも考えていないんじゃないかな、とおもうくらい、大人しかった。だから、あたしを押し付けられても、文句言わずに大人しくしてた。

まぐわい、も。

兄貴が来て、『ちゃんと可愛がってやれ』と言いつけて帰ると、そのあと律儀に、言われたとおり、兄貴の指図に従った。

まぐわいは、亭主の肩越しに柱時計を見てっと、だいたい五分で、ぜんぶおわった。

けど。たった五分のまぐわいでも、子どもは、できる。

そんで。健一郎がうまれた。

それから。健一郎がうまれてすぐ、亭主はふらりと出て行った。

それっきり。二度と帰って来なかった。

勤め先のお役所に行ったら、上司が出て来て、ねんねこ半纏で首も据わらない赤ん坊をおんぶしてるあたしの草履の先っぽから頭のてっぺんまでじろじろ眺めて、

才色兼備の奥さんに逃げられて、安田くんもずいぶんと落ちたもんだ。

とんだ落ち目の三度笠だ！

と、大声で言って金歯を剝いてわらったから、窓口にいる同僚やら手続きに来

てる人やらも金歯につられ、どっとわらった。

とにかく。亭主は、出て行った。

みのると、あたしと、健一郎の、三人ぼっちを置き去りにして。

亭主が蒸発して、わかったことが、ある。

亭主はなんにも考えてないようで、きっとなんか考えてた。

例えば。

才色兼備だった前の女房のこととか。

あんとき、ああしておけば。とか。あんとき、ああしなければ、逃げられなかったかも。とか。もう、おそい。とか。まだ、間に合うかもしんない。とか。

きっと。そんなことを、考えてた。

つらつら、つらつら、考えてた。

あたしみたく。

そういうことが、いなくなって、しみじみ、わかった。

もう、おそい。

あんとき、あたしも、そうおもった。

そんで、亭主のことを、はやばやと、あきらめた。
けど。
ひょっとすっと、あんときはまだ、おそくなかったのかも、しんない。
亭主の行きそうなとこを、古本屋や名画座や軽食喫茶なんかをさがせば案外、
間に合ったかも、しんない。
亭主をみっけたら、目を合わせないようにして、ちょっとだけ気の利いたこと
を言ってやったら、どうだったろう。
お勝手の、電気の球が、切れちゃったのよ。
とか。そのていどの。毒にも薬にもなんないけども、気の利いたこと。
けど。
あんときは、自分もずぶの素人だったから、たとい亭主をみっけたとしても、
そんな気の利いたことは、微塵も言えなかった。と、おもう。
だから。
すぐあきらめて、仕方ないから、ミシンを踏んだ。
来る日も来る日も、ミシンを踏んだ。

ああ、けど、みのるは、みのるだけは亭主に連れてってもらいたかった。あたしは、みのるが、苦手だった。茶だんすの引き出しの奥に残ってた先妻の写真によく似て、ひょろりとしたウリザネ顔で、色白で、人のやることなすこと、こまかいことをグジグジ言った。みのるに、かあさんとは呼ばれずに、カケイと呼ばれても、がまんした。みのるはロクに仕事にも行かず、健一郎の子守りもせず、そこいらで横んなっていびきかいてた。だから、よけいに腹が立って、よけいにムキんなってミシンを踏んだ。

そんで。こんなに足が曲がって、ちゃんと歩けなくなって、損した。ばあさんの言うこと聞いて、がんばって手に職つけたのに、損した。

あのさあ。

と、目の前にいる、いい年をした嫁が、言った。

みのる兄さん、サウナで倒れたって言ってっけど、ほんとはソープだったって。いい年ぶっこいて、ソープだと。ほらっ、花村（はなむら）劇場の、裏っ側の。やっすい、ソープ。花村劇場でストリップ見てから、行くとこ。年金でもなんとか行ける、やっすいソープ。はは。やっすいから、チェンジできないんだと。ババアばっかで。

そんなとこで、励んでる最中に心臓が止まったって。けど、救急車が到着して、とりあえずって感じで救急隊員が心臓マッサージやったら、息吹き返したんだと。で、病院に運ばれて。ねえさんたちが到着した時点で、医者から、二十分以上心臓が止まってたからかなり脳もダメージ受けてて社会復帰は難しい、って言われたらしいんだけど、でも、ねえさんと民子が、民子、わかる？　ねえさんの妹、民子、あいつらが、医者に無理矢理頼み込んでいろいろやってんだって。亮太に見舞い持たせて偵察行かせたの。おとつい。亮太、わかる？　健一郎とあたしの、息子。おばあちゃんの、孫。

あい。亮太はたしか小学生で、お子様偵察にしてはよく調べた、と感心した。

ところで、亮太は今、何年生？

はあっ？　何年生って、亮太はもう三十なんですけど。三十歳。三十路ジャスティー。

そうでしゅか、そんなにおおきくなったんでしゅか。

そ。おばあちゃんのしらないあいだに、どんどんおおきくなっちゃってる。そんで今は、マックで店長やってる。ね。超スピード出世。まじで、やばい。

あたしには、ソープがなにか、マックがなにか、わかんない。でもたずねない。ただでさえ興奮してうるさいのに、これ以上興奮させせっと、よけいにうるさい。

そうそう。あいつら、極悪だから。ねえさんと民子。『主人には、植物状態になってでも、生きてて欲しいんです』とかなんとかねえさんが言って、ふたりして泣き落としの拝み倒しで、口に人工呼吸器ぶっ挿して、鼻チューブぶっ挿して、胃ろうカテーテルぶっ挿して、ちんちんにバルーンカテーテルぶっ挿して尿袋ぶるさげて、あと、胸に、アレ、なんつったかな、CVなんとか？　薬直接入れるやつ。そんなのぶっ挿して、でもって、これ以上は無理です、と言った医者に袖の下握らせて、足の付け根に血液浄化のチューブぶっ挿して、おまけに肛門に体温計をぶっ挿して。

もう、なんでもアリの、すっさまじい延命やってるって。

えんめい？

そ。延命。見殺し、の反対。延命。想像してみ。ぞっとすっから。見殺しのが、まだマシだから。

あい。

とりあえず返事しとく。なんのことやらわかんないけど。けど、ケツの穴に体温計挿すのだけは、わかる。チャンスが具合悪くなって、いよいよってなったとき、兄貴がチャンスのケツに体温計をつっ込んでた。あとで体温計をざっと洗って返してよこしたけど、その体温計は、もう使うのがやで、うっちゃらかしておいたんだった。

なんでそんなしてんだか、わかる？

あい。とりあえず返事だけ、しとく。

うそだね。頭をはたかれる。あい、わかりましぇん。

ま、わかんなくて、とーぜん。

嫁は、急につくりわらいで、にっこりわらった。

あれだけ喰え喰えとすすめていたうなぎを、飯台の向こうの端っこに寄せ、それからおもむろに、何枚かの紙と、封筒を取り出した。

じゃあ、これは？　なんだか、わかる？

あい。……いえ、わかりましぇん。

封筒には『遺言書』と、あらかじめ書かれてある。だから、これは遺言書だ。

でも、なんか言うと、また頭はたかれるから、しらないことにしておいた。

これはねっ、遺言書。で、これが下書き用で、これがホンチャン用。で、これが、封筒。ね。今はこんなのが売ってんだと。ネットで亮太が見っけた。ね。さすが、亮太。さすが、店長。親父(おやじ)に似ないで、あたしに似て、使える。仕事人。必殺仕事人。な。ほれっ、よく見ろ。なっ。いいかっ。これは、履歴書みたくお手本見て書くだけでいいから。めっちゃカンタン。じゃ、これ持ちな。ボールペン。百円だけど、書き味サラサラ。な。じゃ、言うとおり書くんだぞ。

………。

遺、言、書。な。ここに。ここだぞ。

………。紙の上に、ボールペンの先っぽを、置く。

遺言書、っていう漢字は、この封筒見て。これとおなじに書けばいいから。

………。

どうした? やっぱ、ダメか?

いえ、書けましゅ。文字はさんざっぱら練習しました。

じゃ、はやく書きなよっ。ほれっ。

あたしは、いっしょうけんめい、書こう、とおもった。

ここ一発。逆転のチャンスがめぐってきた。

今までさんざん、あたしのことを馬鹿にしくさってた嫁を、ぎゃふんと言わせる絶好のチャンス、が。

……だのに……書けない。

手が、ボールペン持っただけで精一杯で、ぼっこになってる。

どした？　嫁が、かおを覗き込む。嫁の目は、ただでさえむくんでて細いのに、今はいちだんと吊り上がってて、おっかない。

あたしは、あせった。がんばれ、手。こころん中で、右手を、はげます。がんばれ、右手。なんにせよ、これをスラスラ書いてやれば、嫁をぎゃふんと言わせられる。足はこんな体たらくだけど、手はまだ、しゃじを持つことができるから、これしきのことはやれる、とおもった。

けど。ペン先が点ポチを打ったまま、止まってしまった。

………すぼらしい。

当然できるとおもってたことが、しらないあいだにできなくなってる。軽々できるとおもってたことが、できなくなってる。点ポチの横に、水が、たれる。その水は、涙だ。じっさいは鼻水だけれども、きもちで言えば、立派な、涙、だ。

嫁が、おっきなため息を、つく。

じゃあ、もうこれはいいから。これ喰え。な。

いつになく、やさしげに、嫁が、言う。

たぶん。今、あたしと嫁は、おんなじ分量、気落ちしてる。

差し向かいで、しんみり、しんどい。

うなぎは、きらいでしゅ。しってる。でも、喰いな。今はおなかいっぱいで、食べたくありましぇん。ふうん。じゃあ、これなら、どうだ。

目の前に、なんかが、置かれる。目を近づけて、よくよく見る。

あっ。おもわず、さけぶ。

嫁は、ゆっくりマスクを外して、ニターリ、とわらった。

ニターリとわらう嫁のかおは、子どもんとき祭りで見た見世物小屋の布絵に描かれた、蛇喰い女に、そっくりだった。

そ。シベリア。と言い、大口あけて喰うまねをする。

あああっ。シベリヤは、すきだ。おなじあんこでも、おはぎや大福はきらいだ。けど、シベリヤは、いい。あんこが羊羹になってて、両脇にカステラがペタリと貼り付けてある。

シベリヤは、いい。シベリヤは、やさしい。シベリヤに、手を伸ばす。

待て。

が、掛かる。

まず、半分でいいからうなぎを喰え。そしたら、シベリアをやる。

シベリヤに、待て、が掛かった。だいちゃんもチャンスも、あたまがいいから、待てが掛かったものは、よし、と言うまでぜったいに食べない。しぶしぶ、うなぎを、喰う。つっかえつっかえ、無理矢理、喰らう。

シベリヤに目がくらんで、あたしは、なんでもやる哀しい人間に、なりさがった。

お、喰えたな。あい。シベリヤ、くだしゃい。

チッ、まだおぼえてやがる。じゃ次っ、これ飲めっ。薬。

待て。は、いつまでたっても、解かれない。しぶしぶ、手を出す。

そこに、薬をのせられる。薬は、けっこう、たくさん、だった。

はい。飲んで。

じっと、見る。

どした。それ飲んだら、シベリアだぞ。

わかってる。わかってっけど、しずかにして。ちょっと待っててよ。

なに？

だって、まだほら、ね。

なんだよ？

薬が。ね。生きてんでしょ。

は？

薬は、ふくろから出して、すぐには、死なない。だいぶ経ってからじゃないと死なない。それもいっぺんに死ぬんじゃなくて、レッド・オレンジとか、紅白とかの色の濃い見掛け倒しのよわいやつから死んでって、色のうすいやつが次に死んで、しろいやつが最後に死ぬ。

ほら、ね、まだ、ふらふらゆれてる。生きてんでしょ。ね。

ふうん。
嫁が、横からのぞいてくる。
それって、ばあちゃんの手が震えてっからだろ。
………。
だいじょぶだから。もう、死んでっから。飲んじゃいな。シベリア、やっから。
………。
水で、流し込む。ほんとのこと言うと、しろい薬は死んでなかった。
飲めたか？
………あい。
よし。喰え。
ようやく。シベリヤに掛かった、待て、が、解かれる。
かぶりつく。
うまいか？
………あい。シベリヤの片手間で、返事をする。
ばあちゃん、………長生きしろよ。

……あい。

ばあちゃん。まじで、長生きしろよ。

みのる兄さんよか、一分一秒でも長生きしなよっ。

……あい。

じゃないと、ここの土地と家は半分みのる兄さんに取られっから。

……。

ばあちゃんの遺言書がないから。血はつながってなくても養子縁組してっから。みのる兄さんもねえさんも面倒ぜーんぶあたしに押し付けて知らんぷりしてやがんのに、ばあちゃんのがみのる兄さんより早く死んだら、半分いかれちまうんだと。でもって亮太が半分、そんであたしの取り分は、ゼロ円なんだと。あたしが、こんなに尽くして尽くして苦労して苦労して介護地獄やってんのに、ゼロ円。マックのスマイルじゃねーんだっつーの。なんなんだよっ、ゼロ円って！

……。

あああっ、せめて旦那が生きててくれたら、愚痴のひとつも言ってやんのに。

……あい……あ、健一郎が、……どうかしたの？

おそるおそる、ひとりで騒いでる落武者じみた、嫁に、聞く。

…………死んだよ。

えっ？　いつ？

二年前。

なんで？

パチンコでやられて。自殺。

あああ。あたしは、そんなことしらなかった。誰もちょっともおしえてくんないから、ひとり息子が死んだことを、二年も経った今んなって、ようやく知った。

胃ぶくろん中で、成仏途中の、しろい薬が、あばれ出す。

逆縁は、心底、つらい。

じゃあ、ね。ばあちゃん。あたしはこれで帰るけど。明日は訪看とヘルパー来るし、明後日(あさって)は、デイだから。のこりのうなぎは、あとで、食べな。

あい。返事だけして、あとで、ふてよう。

あ、そうだ。

ズックの紐(ひも)をゆわえてる嫁の、としよりじみた丸い背中に、たずねる。

なに？

通帳しんない？　あたしの、通帳。

年金の？

年金……って？　年金、出てんの？　いくら、出てんの？

……なんでもない。年金のことは、わすれろ。

あい。けど、聞きたいのは、あたしのミシンの給金の残りで、どっかの通帳に入れてあんのよ。

……しんないけど、そんなの、あんのか？

あい。兄貴か、みのるが持ってたはずでしゅ。

えええっ！　そんなの、あんの？　うっそ、ぜんぜん聞いてねー。てか、それがほんとなら、大変じゃん。あいつらまじカンペキ隠してんじゃん、ねえさんと、民子。

そうだろか？　そうだよ、きっと。ちょっと、これから帰って亮太と作戦練んなきゃだぞ。あー、忙しくなるぞー。

嫁は、来てからずっと、ひとりでバタバタ、騒々しい。

じゃねっ、ばあちゃん。また、来っから。

あい。

やれやれ。とおもう。

バイナラ、ばあちゃん。

あい。さようなら。

嫁と入れ違いに、ガラガラ引き戸の向こうから、熱風が、もあと押し寄せる。

それで、知る。

今は、夏だ。


デイサービス『あすなろ』に、着く。

背のちっこいみっちゃんが、犬っころみたくとんできて、両手をつかんで歩かせてくれる。

カケイさん、おはようございます。あい。おはようごじゃいましゅ。

カケイさん。わたしのこと、おぼえてる？　あい。さっきまでわすれてたけど、かお見たらわかりました。

へえええ。

たいがいわすれてるけど、見ればおもい出しましゅ。みっちゃんは、あたまの中でいっこのおおきいひとりのみっちゃんになってて、かおはうすぼんやりしてっけど、見た途端、分身の術でポーンと出てきて、おもい出す。あんた今、ポーンと出てきた。

へえええええ。ちっこいみっちゃんはケラケラわらって、ちっこいのに器用にあたしと向かい合わせになって、自分はうしろ向きに歩ってる。

はい、カケイさんは、米山さんのおとなり。ね。

クリーム・エローの椅子に、すわる。

食堂にはテーブルが九つある。それぞれに、椅子が四つ。

米山のじいさんのおとなりになる。

米山のじいさんとは、いつもおとなり同士のような気がする。

ちょっとだけ、来た当初だけ、気恥ずかしい。

こんにちは。勇気を出して、ごあいさつする。

はじめまして。

米山のじいさんは、そんなふうにあいさつを返した。

そうだった。米山のじいさんは、ぼけてたんだ。

はじめまして。農家じゃないのに、米山です。海にいたのに、米山です。

横にいる子どものみっちゃんと、そこいらにいるみっちゃんたちが、どっとわらう。

ああ、じゃあこんどっから、魚海(うおうみ)さんに改名したらどうでしゅか。

またしても、わらいが、おきる。あたしも、わらう。わらいながら、なんでだろう、馬鹿にされてるわけじゃないけど、なんでだろう、楽しいは楽しいんだけど、なんでだろう、ちょっと、哀しい。

お茶と、ゼリーが、配られる。デイサービスは、来た早々、待遇がいい。お茶を、飲む。お茶はなんだか、家のとちがって、ドロドロしてて、まずかった。

ちっこいみっちゃんを、そっと呼ぶ。このお茶腐ってるよ。恥かかせないよう、こっそりおしえる。みっちゃんは、むせないようにわざとトロミの素(もと)を入れているんですよう、と言った。へえそうなの。ああだけど、むせてもいいからふつうのお茶にしてほしかった。

ゼリーをたべる。ゼリーもドロドロしてるだけで、甘みがよわくて、まずかった。

おいしいですか。ちっこいみっちゃんが、横にしゃがんで、犬っころみたく肘掛けにあごを置いて、聞いてくる。あい、おいしいでしゅ。うそも方便。で、うそをつく。よかったですう。ちっこいみっちゃんは、へたくそな縫い目の手製のマスクをして、にっこにっこわらって、うそを微塵もうたがっていない。良心が、うずく。そして、気づく。きっとこの子は、おなかがすいてて、でも働いてる時間だから、親玉におやつを喰わしてもらえない。それなのに、にっこにっこわらって、あんまりけなげで、かあいそうで、ゼリーを差し出す。これ、あんた食べなよ。あんた、なんさい？　二十六です。

それは、うそだ。ここだけの話にしとくからね、ほんとは、なんさい？　ほんとに、二十六なんですよう。

いつまでたっても、ラチがあかない。こっそり別のみっちゃんに、たずねてみる。

ねえ、この子、なんさい？

さあねえ。と、わらう。その子、いくつに見えますか？

逆におたずねされてしまう。

そうだねえ。ここのつかなあ。だけど結構しっかりしてるから、案外十（とお）を越えてるかもしんない。よかったねぇ、みっちゃん。はーい、うれしーですう。みんながわらう。

カケイさん。あたし、結婚してるんですう。子どものみっちゃんが、さらに意表をついてくる。それは、ごっこかなんかでしょう。ごっこ、ってなんですかあー。うそっこ、のことでしゅ。あー、エアーってことかあ。エアーじゃなくってえ、ほんとに結婚してるんですよう。ああ、そう。やっとこすっとこ、腑（ふ）に落ちる。

きっとこのみっちゃんは、口減らしで無理矢理結婚させられて、けど嫁ぎ先も貧しかったから、年ごまかしてこんなとこで働かされてる。

たぶん。ここで働くみっちゃんたちは、みんな元気そうに、にっこにっこしてるけど、それはきっとカラ元気で、みんなおんなじような境遇で、みんな貧乏にちがいない。

むかしも今も、貧乏人ほど、よくわらう。

死んだばあさんも、いつだってカラ元気でわらってた。

本家の小姑ばあさんに嫌み言われて、さんざっぱら馬鹿にされて、コキ使われて、小姑ばあさんがひらってきた犬猫だってちっこいうちだけかあいがって、おっきくなったら押し付けられて死ぬまで面倒みさせられた。舅、姑のシモの世話もさせられて、そのせいで背中がうんと曲がって、つんのめって歩ってて、糞づかみの手ぇだったけど、一生貧乏で、苦労苦労で、それでも必死にわらってた。かあいそうに。

みんなこんなとこでとしよりのお世話仕事させられて、うんこだのしょんべんだののお世話仕事させられて、にっこにっこわらって、余計に不憫でかあいそうだ。

ちっこいみっちゃんに、耳打ちする。

あんたねえ……あんたにねえ……

じっと、見る。

しゃじを持つ、自分の右手を。

しゃじを持った右手は、グーになってて、それが、今の自分の、精一杯だ。

あんたに、ミシンを、おしえてやる。

という言葉を、ゼリーといっしょに、呑み込んだ。

目を、そらす。

下手糞（へたくそ）な運針のマスクから目をそらし、あたしは、言った。

あんた……あんたね、まだ間に合うから、お姑さんにたのんで新聞とってもらいなよ。それでまずカタカナ練習して、ひらがなやって、簡単な田んぼの田とか山とか川とか、古新聞にどんどん書いて覚えて、そしたらこんだルビふってあるむずかしい漢字練習して、そのうち全部だいたい読めて、書けるようになる。そしたらこんだ、そろばん使って足し算やって、引き算やって。そしたらね……そしたら、いつまでもこんな仕事しないで、ちゃんとしたうわっぱりのある事務所で雇ってもらえるようになるから。ね。

はーい。

がんばんだよ。

はーい。

と、ちっこいみっちゃんは、言った。

おやつの時間が、おわる。

あたしは、なんだか胸がいっぱいで、おやつを、のこした。


みっちゃんたちは素早い動作でおやつを片し、ビニールの前垂れを外してくれて、テーブルを片した。

今日のレクは、風船バスケ、でーす。

中年のみっちゃんが、マスク越しに叫ぶ。そのあとでルールの説明をしてくれる。ルールはチンプンカンプンで、なんのことやらわかんない。でもたいてい、やってるうちになんとかなる。

米山のじいさんとおんなじ、赤組になった。

横並びに並んで、手をひらげる。

エチルをシュッシュと、吹き付けてもらう。

ほんとのとこ。これはおあそびで、べつに勝っても負けてもどうってことない。だから、ハナから馬鹿にしてやらない人間もいる。部長とか社長とか校長とか園長だったじいさんたちは、ハナからやんない。おれを小馬鹿にしてんのか、と、聞えよがしに何度も言う。それは……そうかもしんない。俳句とか詩吟とか尺八(しゃくはち)とか囲碁とか都々逸(どどいつ)とかの本格的な先生をよこせば、あの人たちもやるかもしんない。こんな子どもだましのおあそびをやらせられるのはがまんならない、という気持ちも、わかんなくもない。

でもね。

いいじゃないの、それでも。

みっちゃんたちが、いっしょうけんめい苦心惨憺(くしんさんたん)してお膳立てしてくれてんだから。すこし馬鹿なふりしてやってやれば。やってるうちに、それなりに不思議とたのしくなってくんだから。だから、それで、いいんじゃないの。

あたしは、今日は先陣切って、やる気でいこう、と決意した。

ゲームは、すぐになんとかなった。取った風船をおんなじ赤組の人にわたすか、そのまま網に入れるかして得点する。あたしは網のちかくに車椅子で陣どって、渡された風船をそのまま網に入れればいい。

だけど。遠回りかもしんないけど、米山のじいさんが来るのを待って手渡してやる。米山のじいさんは、風船をしっかと受け取り、網に入れた。

拍手が、湧く。何度もやる。何度も大きな拍手が、湧く。その度に、米山のじいさんは坊主刈りの頭をボリボリ掻いて、うれしそうだ。

赤組が、勝つ。敵味方なく、拍手する。

本日の、エム・ブイ・ピーを、発表します。

いよいよお待ちかねの発表、がある。

本日の、エム・ブイ・ピーは……

デケデケデケデケデケ、とみんなで、言う。

米山丈治(じょうじ)さん、でーす!

トロフィーは便所紙の芯に金色の紙を巻いたやつを塔のカタチに組み立てたものだ。

今のお気持ちを、ひとこと。と言われ、米山のじいさんは片目をつむって、
やったぜ、ベイビー。

と、言った。

トロフィーをひとしきり掲げたあとで、脇のみっちゃんにおあずけする。

ガーゼマスクを、外す。

そのあとで、ピーーッと高く、指笛を吹いた。

米山のじいさんは、いつにも増して、興にのってる。

ああ。しみじみ、おもう。これで、よかった。ほんとに、よかった。

戦い済んで、フロになる。

湯船に浸かって、湯船のへりをつかんで数をかんじょしてると、ちっこいみっちゃんが裾まくりして、透明の顔カバーしてやってきて、今日のエム・ブイ・ピーは、ほんとはカケイさんですよね、と耳打ちしてきた。カケイさんがゴール前で風船を渡さなかったら、米山さんは、エム・ブイ・ピー獲(と)れなかったですよねえ。そうかねえ。あたしはしらばっくれて、そっぽをむいた。そうですよー。米山さんにお花を持たせてあげたんですよね。そうだったかねえ。手柄話は、わすれたフリしてしまうのが、一番いい。それが一番、恰好がいい。

　カケイさん。

あい。

カケイさんは、米山さんが、すきでしょう。

………。

聞えないフリを、する。

さあ、どうする。そんなこと、人がハケたときにこっそり聞けば、おしえてやらないこともない。カケイさんはあ、米山さんがあ、すきなんですよね。

ああ、やっぱり。けど人が何人もいる前で、聞いてくることじゃあない。このみっちゃんは、子どもなんだ。

と、かくしんした。

広瀬のばーさんが、目張りのにじんだおっそろしい目で、鏡越しにこちらを見てる。

広瀬のばーさんのおっきい背中は艶っつやで、一面に彫られた蓮の花はふだんより赤みを帯びて、くっきりはっきり浮き出てる。

それは……アレだよ。

しどもどしながら、あたまの中でこたえを、さがす。

それは……アレだよ。時間かせぎで、おんなしことを繰り返す。

みっちゃんの目は、犬っころみたいなまっすぐな、目だ。

まあ、けっきょくが、……アレなのよ。

タイマーが、ピポピポ鳴って、フロを出る。

みっちゃんは、へへへとわらって、自分の持ち場に帰って行った。

かんがえる。

おいらくの恋の、おいらくは、どんな字をあてがえばいいのか。としよりの、ひやみず。これは、わかる。みのほど、しらず。これも、わかる。だが。おいらくの恋の、おいは老い、とおもうけど、らくだけが、かんがえても、かんがえても、おもいだせない。

フロからの帰り道。米山のじいさんに、ばったり出くわす。米山のじいさんの車椅子は、ちっこいみっちゃんが押している。みっちゃんは、いたずら小僧の目つきでもって、えへへ、と、わらった。

あー、まだ、女性陣済んでませんねえ。

あと四、五人いるね。

あたしの車椅子は、ハキハキ声のみっちゃんが押している。
あー、じゃあもっちょっと待ちましょうか。
だねっ。カケイさんも、涼みがてら中庭に出よう。
なんだろう。
みっちゃんたちはふたりして、大根役者の三文芝居をやっている。
日陰はちょっと風がきますね。
いくら暑くても日は短くなってるから、さすがにだよね。
ごほん。背後のみっちゃんが、わざとらしく咳払いをする。
それを合図に、向かい合わせで、車椅子をくっつけた。
カケイさん、ほら、なんか言うこと、ありませんでしたっけ。
さあ…………ねえ。
かいもく見当がつかないでいると、ちっこいみっちゃんが、とうとつに言った。
カケイさんは、米山さんが、すきなんですよね。
ああっ?
だからあ、カケイさんはあ、米山さんがあ、すきなんですよねえ。

……………。

あたしは、だまった。

すきか、といえば、それは、すきだ。けど、そういうのは、わかいもんどうしが言い合う分には様んなるが、こうも年とってたんじゃ、どうにもこうにも様んなんない。だいいち、そんな光景は、としより同士で色恋にとち狂ってる光景は、見せられたもんじゃない。ひとごとでも、見たくはない。

けど……米山のじいさんは、どうなんだろう?

米山のじいさんは、じっと、こちらを、見つめている。

米山のじいさんの目は、澄んでいる。

ぼけているとはおもえないほど、澄んでいる。

いや、ぼけているからかもしんないが、ふかく、ふかく、澄んでいた。

アイ・ラブ・ユー。

と、じいさんは、言った。

わあっ。

みっちゃんたちが、歓声をあげる。米山さんは、米軍キャンプでバンドマンやってたこともあったんですよねー。ちがうわよ。ハキハキみっちゃんが、訂正する。シベリアに抑留されてたんだよ。え、そうでしたっけ？　そうだよ、たしか。捕虜だった。えーっ、捕虜だったのは、松田（まつだ）さんですよう。米山さんは、バンドでベースだったんですよう。ベース・キャンプって、米軍キャンプでベース担当してたってことですよね？

はあっ？　なに、それ？　ハキハキみっちゃんが、洋画を真似（まね）て大袈裟に両手を広げ、肩をすくめた。

あ。

三人同時に、驚きの声を、あげる。

米山のじいさんが、あたしのおっぱいを、おもいっきり、つかんだ。

あっ。みっちゃんたちが、あわてて車椅子を引き離そうとした拍子に、車椅子からころげ落ちる。

あああっ。

みっちゃんたちは泡食って、二人掛かりで、やっとこすっとこあたしを起こした。

やだー。やだやだ。どうしよう。カケイさん、どこか痛いとこありませんか？

ちっこいみっちゃんが、泣きそうなかおで、たずねる。

あたしは、だいじょぶ。

きゃーっ！　おでこ、たんこぶになってきましたよー。

だいじょぶよ。こんなの、じぇんじぇん、だいじょぶなのよ。

それは、ほんとだ。あたしは、まま母に薪でうんと殴られたから、痛いのには、馴（な）れっこだ。痛いには痛いが、こんな痛さは、ものの数に、入らない。

やだー。うそうそ。ぜったい大丈夫じゃないですよう。あー、どうしよう。とりあえず、主任に報告してきます。

ちょっと待ってっ！

ハキハキみっちゃんが、呼び止める。

なんて、説明すんの？

あ。

だよね？　本当のこと言ったら始末書もんだよ。

えー。でも、ちゃんと報告しなきゃですよう。

うん。けどほんとのこと言ったら、どうよ？　へたするとうちらふたり、クビかもだよ。

え？

ただでさえコロナ怖いって利用者減ってて、経営もギリッギリってゆうか、すでに身売り先探してるっぽい。

ええっ？

うん。身売りは先の話としても、こうゆうミスは人件費削減を考えたら、会社にとっては好都合なんじゃん。

えーっ。困りますよう。旦那もテレワークで残業代カットだし。じゃあ……どうすればいいんですかあ？

とりあえずは、どうすれば、って言ってもねぇ。

ふたりが小難しいこと話し合ってるあいだ、米山のじいさんを、盗み見る。

米山のじいさんは、マスクを外し、口をとんがらかして、チュッチュ、と鳴らした。

じゃあ、こうしなよ。

背中の方から声がして、ふりむく。

広瀬のばーさんが、歩行器にもたれかかって、あごをななめに突き出していた。

広瀬のばーさんは糖尿持ちで太りすぎてて、首がほとんどなくって、かおが肩にめり込んでる。だけどなんでか不思議なことに、あごだけがポッチリ出っぱってて、光沢のある黒いシルクのマスクからのぞくあごは、フロあがりだからピンクんなってて、滑稽で、まんまるで、そこだけが、ちょっと、かあいい。

そのあごを、ななめ右上に、持ちあげてる。

これは、昔とった杵柄で、子分みたいなのに命令するときとか、兄貴が土下座してるときに、よくやるポーズで、あごの下にあるふだんは見えないホクロが見えて、艶っ気が断然増して、効き目がある。

じゃあこうすれば。あたしとカケイが言い争いんなって、あたしがカケイを突き飛ばした。

ええーーっ！

ちっこいみっちゃんが、叫ぶ。

そんなうそは、ダメですよう。

じゃ、どうすんだ。

………。

あんたらさあ………………………。

ながいながい、間を、あける。

広瀬のばーさんは、昔っから、こうゆうとこが、うまかった。

あんたら、あまく見てたよな。としよりを。としよりの、性欲を。

きまった。

と、おもってる。と、おもう。

広瀬のばーさんは、もともとがこうゆう芝居がかった性質だから、わざわざ兄貴みたいなロクでなしを選んでくっついて、さんざ兄貴に泣かされた。そんで、太もものの弁天様も背中の蓮も兄貴に言われて彫ったみたいに話してっけど、兄貴が命令したんじゃない。

そばで見てて、あたしは知ってる。

じゃ、今から主任のナニに、宮崎ちゃん？ だっけ？ ソレに言ってくっから、そのあいだに、カケイの手当てしてやんな。

まわれ右して、広瀬のばーさんが、背をむける。

ふたりのみっちゃんが、かっこいいなあ、とおもいながら、背中に尊敬のまなざしを向けている。と、広瀬のばーさんは、おもってる。

と、おもう。

じっさい。

みっちゃんたちの三文芝居にくらべれば、広瀬のばーさんは、けっこうな役者だ。

見ている人間にしみじみとした余韻をのこし、広瀬のばーさんは、ゆっくりゆっくりとおざかり、歩行器をごろごろ鳴らして、おおまわりして、廊下を、曲がった。


夜が、くる。

一日の最後に、夜が、かならず、めぐってくる。

夜は、ありがたい。夜は、手放しで、ありがたい。

しょんべんも、済ませた。今日は、便所で、おむつを自分なりに工夫して、二枚重ねではいてみた。これで朝までバッチリ、だ。眠ってしまえば、もうあれこれかんがえずに、すむ。

あああ。このまんま、あしたの朝、目が覚めなきゃいいのに。

本来の電気のひもに足し前した麻ひもを、二回、引っ張る。

輪っかの電気を消して、ちっこい電球いっこだけ消さないでおく。

てんじょの木目に、みっちゃんたちのかおが、うかんだ。

みっちゃんたちは、全員いっしょくたに固まって、とくちょうのあんまりないかお立ちになって、それでもにっこにっこわらってる。みっちゃんたちの笑顔は、いい。お愛想わらいとかとはちがう、邪気のない、貧乏人の、きれいな、笑顔だ。

今日も、いちにち、ありがとうごじゃいました。

礼を、言う。

すると、ひとかたまりのみっちゃんたちの輪郭が、うねうねうねった。

うねってうねって、ぐろぐろうねって、さいごに、見おぼえのあるみっちゃんに、なった。

はっきりとした、みっちゃん。ちっこい、ちっこい、みっちゃん。

ああ。

と、おもう。

今日は、ほんもんのみっちゃんに会えた。ほんもんのみっちゃんが、出てきた。

かあしゃん。

と、みっちゃんは、道子は、言った。


ここいらは、成田山に行くときの通り道になってってから……あれだ……道子だ！　道子にしろっ！　と、兄貴がゆった。

兄貴は、あたしの腹が出っ張ってきたのを一番先に気づいて、ひどく怒って、うまれる寸前まで、子消しばばあに話つけといたから、今から行って堕ろせ！　堕ろせ！　と言いつづけた。

だけどもあたしは、その都度、ミシン仕事が忙しいフリして、区切りがついたら行くからちょっと待っててよ、とうそついて、区切りがつかないようどんどこどんどこ糸切らないまんま次々やって、兄貴が痺れを切らして悪態ついて帰ってゆくまでとことんやって、兄貴が帰ったあとで、区切りをつかした。

ここだけの話、区切りなんてもんは、自分でどうにでもつけられる。

兄貴は、ガクが無い上に、馬鹿がつくほど素直な性質だったから、毎日そんなふうにして、まんまとあたしに騙された。

兄貴が帰ったあと、つながったブラジャを、頭の上に持ち上げてみる。

色あざやかなブラジャは、小学校の運動会ん時、運動場に張り巡らした外国の旗みたかった。

あたしは、小学校にはほとんど行かしてもらえなかったけど、運動会の日だけは兄貴が引っ張ってってくれて、ちっこかったけど、駆けっこだけは速かったから、一等んなって、リレーなんかでも先鋒やって、相手方にうんと差をつけて二番手にバトンをしっかと手渡してやった。そんなだったから、運動会の外国の旗みたくつながったブラジャをかかげると、なんとはなしに晴れがましい、すがすがしい、心持ちがした。

それに。

だんだんと大きくなる腹は、健一郎ん時とちがって横に張って、中から足で蹴る蹴り方も、健一郎みたく闇雲にぼんぼこ蹴るんじゃなくて、遠慮がちにちょっと蹴ってみて、様子見して、またちょこっとだけ蹴ってみるという塩梅で、それであたしは、おんなのこだ、と、かくしんした。

だんだんと腹が膨らむにつれ、兄貴の堕ろせ堕ろせは凄みを増したが、腹ん中でおっきくなっても、遠慮がちに、ぽこん、ぽこん、と蹴るだけの赤ん坊が、あんまりけなげでかあいそうで、あたしの、会いたい会いたいも、怖ろしいほどの凄みをもって膨らんだ。

あたしはわざと、のらくらのらくら、ミシンを踏んだ。

毎日毎日、やるもんがなくなっても、切れっ端まで持ち出してきて、ミシンを踏んだ。


とうとう。

夜明けまえ。

予感がしたから、健一郎に気づかれないよう起き上がって、手水の脇に掛けてあった手拭いを引っぺがして、口にくわえて声が漏れないよう工夫して、窓の桟にかじりついて、ひとり、便所でひり出した。

赤ん坊は、案の定、おんなのこ、だった。

そうだ。と、合点がゆく。

血まみれで赤いから、赤ん坊は、赤ん坊とゆう。

健一郎のときもおんなじことを考えたけどわすれてて、そんとき、ふとおもい出した。

おんなの赤ん坊は、健一郎とちがって、ぎゃあぎゃあ泣かず、ふみふみ泣いた。ふみふみ、ふみふみ、やさしい声でただ泣いて、血まみれで、はだかっぺでかあいそうだ。あたしは、あわててハタキの柄でたぐり寄せた針箱あさって、取り出した木綿糸をへその緒にキリキリ巻いて、きつくゆわえて、裁ちバサミでもって、ジャキン、と切った。そのあとで乳を放り出し、赤ん坊にあてがった。

乳はすぐに風船みたく張ってきて、赤ん坊は喉をんぐんぐ鳴らして乳を飲んで、腹にいる時、こっちもなんやかんやでろくなもん喰ってなかったから、腹減らしてうまれてきて、だから闇雲に乳を飲んで、それはそれで、かあいそうだ。

乳やりしながら、赤ん坊を、覗き込む。

赤ん坊のちっこい目ん玉に、こっちのかおが、映ってる。

……………………ああ。
この絵づらには、見おぼえが、ある。
ずうっとまえ。
健一郎がうまれたときよか、ずうっとまえ。
だいちゃんの乳を吸ってたころよか、もっとまえ。
あんときは……あべこべに、あたしが下から、見あげてた。
こっちを見おろす目ん玉には、赤ん坊が、映ってる。
あれは………
おもいだすすんでのとこで、むかいの家の鶏が、鳴く。
それを合図に、健一郎が、寝ぼけまなこで起きてきた。
便所の前でハトが豆鉄砲食ったようなかおしてつっ立ってる健一郎を、使いにやる。
兄貴と広瀬のねーさんが、息せき切ってすっとんできた。
便所で赤ん坊産んだだと！　いいわらいもんが！
玄関先で、大声で、兄貴は、怒鳴った。

ご近所じゅうが飛び起きて、寝間着のまんま、見物に来た。

なに見てやがる！　見世もんじゃねぇんだ！

怒鳴りながら、人だかりを蹴散らして、それからツッカケのまんま上がってきて、鬼瓦の形相でこっちを見おろした。

あたしは、ちょろっと兄貴を見上げ、そのままだまって、乳やりをつづけた。

ううっ………

兄貴は、うなった。

あたしは、勝った。こうゆうことは、産んだもん勝ちだ。

兄貴を無視して、乳やりを、ひたすら、つづける。

うっ、ううう………っ。

兄貴は、うなった。

こうゆうことに、男は、よわい。

反対に、広瀬のねーさんは、つよかった。

だまって台所に行って、湯をわかして、わかした湯をたらいに入れて、いい塩梅に水でぬるめて、ちょっと、かりるよ。

と言いながら、あたしから赤ん坊を受け取って、慣れた手つきで片方の手で赤ん坊の頭をささえながら両耳を塞いで、もう片方でガーゼもって器用な手つきでうぶ湯を使った。

兄弟多いから、慣れてんだよ。

広瀬のねーさんが、誰にともなく言って、

こんなもん持ってきたんだけど。

と言って、片手で傍らの風呂敷包みを解いて、取り出した物をつぎつぎ並べた。

中の一枚をひらげて、うぶ湯の湯を拭きとった赤ん坊を、そうっと乗せる。

それは、ガーゼでこしらえた、産着だった。

真新しい、真っ白なガーゼの産着に包まれ、さっきまで血まみれだった赤ん坊は、こざっぱりとした、きれいなきれいな赤ん坊になった。

　風呂敷の中には、ほかにも、毛糸で編んだおくるみや、浴衣を解いてこしらえたおしめが入ってて、広瀬のねーさんは、ちょっと照れて、もっとたくさんあんだけど、おいおい持ってきてやっから、とわざとらしくつっけんどんに言い放った。

おもい出す。

広瀬のねーさんは、二年前に流産して、そんときに医者に、こんど孕(はら)んだら、あんたがあぶない。

と、言われて、そんで、兄貴がうっかり中に出しちゃわないよう、見張り役として、太ももに弁天様を彫ったんだった。

おもうに。風呂敷の中身は、流産する前、広瀬のねーさんが自分の赤ん坊用に作ったやつだ。おもったが、くちには出さなかった。

広瀬のねーさんは産着を着せた赤ん坊を、傍らで仁王立ちして、でも内心は怖(おじ)気(け)づいてる兄貴の胸に、押し付けた。

兄貴は、ふいに押し付けられた赤ん坊を、はずみでもって、受け取った。

おもい返すに。健一郎が赤ん坊の時は、兄貴は二号店を出すのに忙しくて、もともとが赤ん坊とか子どもにはまったく関心がなかったから、健一郎を抱っこしたことは、今まで、一度もなかった。

押し付けられた赤ん坊を、神妙なかおで、じっと見おろす。

眉間に皺をよせ、ながいこと、じーっと、見おろす。

そんで。

とうとう根負けして、兄貴は、ゆった。

ここいらは成田山へ行くときの通り道になってっから……あれだ……道子だ！

道子にしろっ！

赤ん坊は、名前をもらって、あんしんして、ちっこいあくびひとつして、兄貴の胸でねむってしまった。

兄貴はいつまでも、こわれものを抱えるように、いつまでも、胸に抱えて、つっ立っていた。


それから。

兄貴は、なんくれとなく道子のお世話をやきたがった。でもお世話のやり方がわかんないから、露店でたくさん玩具（おもちゃ）を買って、道子の寝てる枕元にぜんぶならべて、自分勝手に、喜んでた。そばで見ていた健一郎がうらやましがって道子の玩具を取り上げる度、健一郎の頭を平手で、はたいた。

道子は、バタバタしてるときにうまれたから、乳があんまり出なかったから、乳やりを早いとこ切り上げて、ミシンに専念できるよう、なんにでも味噌をつけて、それを持たせて、喰わせて育てた。柿。きゅうり。五家宝。干し芋。中でも魚肉ソーセージが一番のご馳走で、それにも味噌を塗ってあてがうと、しゃぶって長い時間かけて喰ってた。

見かねた兄貴が、かあいそがって、大枚はたいて台湾バナナのでっかい房を買ってきた。

道子はそれにも、高級品のバナナにも、味噌を塗れとせがんだから、兄貴はひどくがっかりしてたっけ。

かあしゃん。

と、道子は、呼ぶ。

誰でも。人間なら誰でも。あたしも、兄貴も、健一郎も、行商人も、ぜーんぶいっしょくたにして、二歳すぎても、かあしゃん、と呼んだ。

広瀬のねーさんも。

かあしゃんと呼ばれた広瀬のねーさんは、こいつ頭よわいんじゃないの？　と言いながらもまんざらでないかおをして、ぼさぼさだった道子の髪を梳き櫛でていねいに梳いて、しらみを取って、器用な手つきでもって、他の子がだあれもやってないような編み込みを、きっちり編んだ。もの珍しい編み込みのおかげかどうか、道子の手を引いてっと、すれ違う通行人はかならずといっていいほど、かあいい、だの、お人形さんみたい、だのと言ってふり返った。かんじょしたこたぁないけど、百ぺんや二百ぺんではきかなかった。

兄貴はしょっちゅう用もないのに道子を連れ回して、今そこでしらないばーさんに、父ちゃんそっくりのべっぴんさん、って言われてよ、と鼻の下伸ばして自慢した。

道子はいっつも、きょろりんの目で、下から人を見上げてた。

人のやることなすこと、きょろりんの目ぇして、下からじっと見上げてた。きっと、見るもん、聞くもん、ぜんぶがぜんぶはじめてで、びっくりしてた。それで、きょろりんの目ぇして、見上げてたんだ。

かあしゃん。と、道子は、呼ぶ。

呼ばれると、兄貴はいつも、かおをくしゃくしゃにして、
はいよ。と、言った。

かあしゃん、たかたか。

はいよ、道子。わかったよ。たかいたかい、か。

ほらっ、道子。たかーい、たかーい。

きゃらきゃら。と、道子は、わらった。

船橋(ふなばし)で一番高い、たかいたかい、だぞぅ。

たかーい、たかーい。

何度も何度も、空にむかって道子を掲げ、そのつど道子は、きゃらきゃらわらった。

赤ん坊のわらい声は、なんであんなにきゃらきゃらしてんだろう。きゃらきゃらという赤ん坊のわらい声は、たいていみっつくらいまでつづいて、気づくとふつうのわらい声になってる。手っ取り早く赤ん坊のきゃらきゃらしたわらい声を聞きたくなったら、おなかにかおをくっつけて、息をぷーってやってやる。あたしは、兄貴みたく力もちじゃないから、たかいたかいできないから、そんなふう

にわらわせてたけど、きゃらきゃらしたわらい声を聞くために何度も何度もやってっと、しまいに涙をながしながらわらってるから、かあいそうで、やめにする。

兄貴にたかいたかいされたまま、道子は、きゃらきゃらわらってた。

かあしゃん。

と、道子は、言った。

かあしゃん、だーいしゅき。

道子と兄貴のあいだの空を、飛行船が、のん気な調子で横切ってく。

それから。

兄貴はパチンコ屋の出玉を増やして、アコギにカモるのもやめて、酒も煙草も注射もぴたりとやめて、カタギのなりして道子をつれて歩ってた。

道子が肩身が狭くないよう、自分の背中の滝登りの鯉(こい)の彫りもんを、性病科皮膚科泌尿器科の塩塚(しおづか)医院で消してきて、広瀬のねーさんにも太ももの弁天様を消すよう命令してた。広瀬のねーさんが、兄貴の消し痕の出来栄えが雑で嫌だと言ってしぶったら、じゃあおまえがそれを消したら、籍を入れて正式な夫婦んなってやる。そんで道子を養女にする。と、宣言した。

だから、兄貴が広瀬のねーさんに無理強いしたのは、彫りもんすることじゃなくて、彫りもんを消すこと、だった。

とにもかくにも、兄貴は、人がかわったように真面目にばりばり働いた。くらいうちから店に出てって、まえの道をどこまでもどこまでもきれいに掃いて打ち水をした。それから、便所のあさがおを片っ端からぴっかぴかにした。舐(な)められるほどきれいにしたと自慢して、じゃあ舐めてみろと誰かが言って、あさがおのへりをぺろりとやって、みんなに気味わるがられた。

あたしは、そんな兄貴を見るにつけ、なんとはなしに、ざわざわした。

今まで、人の生き血をすするように生きてきた人間が、急にそんなふうに真人間になろうったって、まわりの仲間がほっとかない。自分だけいい子になるのを、わるい仲間はゆるさない。げんに、兄貴はうんと嫌がらせをやられてた。店んなかに、夜中のうちに便所の中身をぶちまけられた。兄貴は、やったやつはだいたいわかる、と、言っていた。それでもあだ討ちなんかはやらないで、息巻いてた子分も押しとどめて、みんなでもって店をきれいさっぱり片付けて、景品の香水ばらまいて、しらん顔して店を開けた。

それからも、玉受け皿に鼠やら油虫の死骸をのせられたりするのはしょっちゅうで、ゴト師を一度に大量に送り込まれたり、へんな言いがかりを次から次につけられたりした。でも兄貴はめげないで、『健全遊技』と銘打った看板掲げて、がんばってた。それで、兄貴の本気がわかって、味方が増えて、嫌がらせもだんだんとへってった。

だけど。

たとい、わるい仲間がゆるしてくれたとしても、おてんとさまは、そうそう簡単には誤魔化せない。おてんとさまは、テンモーカイカイ、で、ひとりひとりのやることを、たかいとっから、じいっと見てる。

兄貴と、あたしも、見られてた。

じいっと、だまって、見られてた。

一度人の道から逸れてしまった人間を、おてんとさまは、そう易々とはゆるしてくんない。

なかでも、付け焼刃の改心なんかをおてんとさまは一等きらって、一度もちあげといて、どすんと落とす。

兄貴もあたしも、案の定、もちあげられて、どすんと落ちた。

出玉増やしたら、評判が評判呼んで、おさそいあわせてお客が来て、羽振りは、どんどん、どんどんよくなった。それで、兄貴は、亭主がおっぽり投げてったうちのボロ家を見かねて、自分がぜんぶ金出すからすきにやらせろ、と言って大工を入れて、見てくれをよくして、門と玄関は一からあたらしいのをこしらえて、門から玄関のちょっとした間に藤棚をこさえて藤を植えた。兄貴は粋なこしらえとやらをどっかで聞いて、聞きかじりで、藤の根元になんとか焼きの鶴の描かれた火鉢を置いて、水を張って水草を入れて、錦鯉のちびすけを泳がした。そこに健一郎やら近所の子どもやらが夜店ですくった金魚や出目やおたまじゃくしをどんどんどんどん放り込んでった。けど、喰ったり喰われたり、錦鯉なんかは早々に盗まれたり、おたまじゃくしは蛙(かえる)んなって逃げてったりなんだりで、だいたいいつもおんなじ数が、ぴらぴら、ぴらぴら、泳いでた。

道子は、しゃがんで、それを見るのがすきだった。

道子は、ひとりしゃがんで、ひがな一日、火鉢の中をのぞいてた。

そうしててくれてるとありがたく、健一郎のころとちがって、こっちもいい加減にいい年だったから、おんぶしてやろうにもおんぶ紐が食い込んで肩が張って、だから、ちょいちょい道子をおろして、道子は健一郎とはちがって目ぇ離したスキにどっかに行くなんてことはなかったから、ちょいちょいどころかほとんど背中から道子をおろして、火鉢の金魚に子守りさせて、ミシン仕事は、はかどった。

ミシンを踏むのは、それはそれで、気分がいい。

誰にも邪魔されず、なんにもかんがえず、タカタカタッタッタ―って、ミシン踏んで、踏み板と足がひっついて、はずみ車に弾みがついて、どんどんレースのついたきれいな下着ができあがって、どんどんどんどん、足と手が、勝手にいごく。

ミシン踏んでるときだけ、よけいなことをかんがえずに、すむ。

ラクんなる。

まま母に薪で殴られたことも、いなくなった亭主のことも、前の親玉にどんなにがんばっても一人前に見てもらえず、二人前以上の仕事してもみそっかすにしか見てもらえなかったことも、もっとずっと嫌だったことも、ぜーんぶわすれて、からっぽんなってラクんなる。

その日。

健一郎は、朝からどっかにあそびに行ってて、いなかった。昼んなっても、どっかの家でなんか喰わしてもらってて、健一郎はもどってこなかった。

あたしは、おむすびこしらえて味噌つけてやろう、と、おもってた。

おむすびこしらえて、あと魚肉ソーセージにも味噌塗って道子に持たしてやろう。と、おもってた。

おもいおもいミシン踏んでて、でも興が乗って、あと一枚、あと一枚とミシンを踏んで、踏めば踏むほど踏み板に弾みがついて、ミシン目が道みたくなって、その道をびゅうんびゅうんと走り続けて、おんなじとこでミシン踏んでるのに、運動会のリレーで先頭切って、だぁれも寄せ付けず、先頭切って走ってるみたいな、ふわふわあっとした気分になって、兄貴がやってたヒロポンはこんなだろうか、と、妙ちきりんに冴えたあたまで、かんがえた。

真人間として生きる決意をする前の兄貴は、二軒あるパチンコ屋のどっちにも『ポン部屋』というちっこい部屋をこしらえて、そこのてんじょからバネをくくり付けた注射器を何本もぶる下げておいて、一本いくらで注射を打たせた。パチンコで負けがこんでくると景気づけにポン部屋に行って、カゴに入れてあるゴムバンドをぎゅっと腕に巻いて、てんじょから中身の入ってる注射器を引っ張って、ぴゅっ、と打って手を離すと自動でてんじょに戻る仕組みで、これは横浜かどっかの映画館でやってたのを兄貴が真似したシロモンだった。

あたしは、ヒロポンは打ったことはなかったけど、一度兄貴が打ってるとこ見て、注射針を腕に刺すと、血が注射器ん中にどどっと入って、血ごと腕ん中に戻し入れるの見て、ひどくおっそろしかったけど、打ったあと兄貴が、うぉっしゃー！　とさけんで、わらいながら家を飛び出してって、喧嘩吹っかけて一人で七人伸してやった、と自慢してたの見てたから、ミシン踏んでるうちにふあふあっとして、石担ぎでも女相撲でもなんでもできるんじゃないか、とおもえてくるのは、ヒロポンみたいなもんだろうか。

と、おもった。

そんなことが、年にすっとだいたい一、二回か三、四回くらいある。

そのうちの一回がそのときで、なんとはなしに得したようなこころもちで、ぐんぐんぐんぐんミシンを踏んで、踏みつづけた。

そのうちに青い薄物が空に掛かって、夕焼けがドレープんなって、日暮しの鳴き声が重石になって、ミッドナイト・ブルーの空が、すとんと落ちた。

さすがに、手元の電灯だけでは、おぼつかない。

そんで。

ようやくミシンを踏むのをやめて、道子の様子を見に行った。

つっかけ履いて、おもてに出る。

外灯のまあるいあかりん中で、道子はしゃがんで、ズック靴の片っぽを脱いで、その靴で火鉢の中の水をすくってた。

かあしゃん。

と、道子は、言った。

かあしゃん。

ズック靴を差し出して、道子は言った。

きんとと。

見ると、赤いちっこい金魚が、オレンジ・エローのズックの中で、ピチピチ跳ねてた。

オレンジ・エローのズック靴は、前の日兄貴が『長崎屋（ながさきや）』で買ってくれたおニューだった。

道子は、今朝（けさ）おろした、おろしたてのズックでもって、まぐれですくった金魚を、きょろりんの目ぇして、おどろいたかおして、差し出して見した。

すごいね、みっちゃん。おじょうず、おじょうず。

あたしは、こんな時間までうっちゃらかしておいた負い目で、うんと大袈裟におどろいてやった。

道子は、あんしんしたかおで、金魚をそうっと火鉢の中に戻し入れた。

そのあとで、もう一度、火鉢の水を、水だけを、ズックですくった。

あ。

止める間もなく、道子は、ズックの水を、ごくごく飲んだ。

あんまり道子が慣れた手つきでそうしたから、のどがうんと渇いて、腹もうんとへって、なんどもおんなじことやってたんだ、と、わかった。

そんで。

夜んなって、熱出して、道子は、死んだ。

疫痢(えきり)だった。

駆けつけて、兄貴が、道子のかおの白ハンケチをいったんはぐって、じいっと見て、ハンケチをていねいに元にもどして、横にいた広瀬のねーさんの横っ面を、おもいっきりぶん殴った。それから、部屋の隅で寝そべって漫画読んでた健一郎の尻を蹴り飛ばした。

八つ当たりの言いがかりで、健一郎はあそびほうけていたのを咎(とが)められ、広瀬のねーさんはごねて彫りもん消すのを先のばしにしてたことを大声で何度も何度も咎められた。

そうして。

あたしは、

あたしだけは、なんのお咎めも、なし、だった。

道子は、みのるの、子どもだった。

亭主がいなくなったその夜から、みのるは毎晩、まぐわいしてきた。

みのるのまぐわいは亭主のとぜんぜんちがって、ひつこくて、ああしろこうしろとうるさくて、あたしは、なるたけてんじょ見て、できるだけべつのことを考えて、だいちゃんのこととか、奉納相撲で見たお相撲さんのこととか、はじめて見たもぐらの死骸が、死んではいたけどかあいかったこととか、海辺に群れてるカモメの、飛んでるときのハネのカタチがうんと見栄えがいいこととか、そんなことをつらつら考えることにしてて、兄貴にも誰にも言わないでがまんしてたんだけど、ある日とうとう月のもんが来なくなって、腹が出っ張ってきて、兄貴にバレた。

あたしはなんにも言わないし、バツがわるくて言えたもんじゃなかったけど、兄貴はすぐに事情を察して、みのるを家からおん出してくれた。

そんで。

道子は、うまれた。

そんで。

道子は、死んだ。

健一郎と広瀬のねーさんをひとしきり殴ったあと、兄貴はツッカケ履きでふっとんでって、みのるが住み込んでる飯場まで行って、わけもわからずきょとんとしてたみのるを、半殺しの目にあわせてやった、と息を切らして帰ってきた。

でも。

あたしは、しってる。

兄貴がほんとにぶん殴りたかったのは、半殺しにしたかったのは、
あたしだ。

あたしは、自分だけ景気よくミシン踏んで、道子のことをほんとは半分わすれてた。

あのころ。

あたしは、今みたいな忘れん坊でもなんでもなかった。

なのに、道子のことを、半分わすれてた。

あたまの隅っこではわすれてなかったけど、道子はもともとしんぼうづよくて、だだこねたり泣いたりしたことなかったから、あたしは、道子に、あまえてた。

区切りだって、つけようとおもえば、つけられた。

ここだけの話、区切りなんてもんは、自分でどうにでもつけられる。

けど。

あたしは、道子にあまえて、区切りをつけようとはしなかった。

三歳にもならない道子に、うんと、ううんと、あまえてた。

それで。

あたしは、道子を、ころしてしまった。

兄貴は、あたしのことをあんまりにも怒りすぎ、かえって、あたしのことを殴れなかった。

ざわざわした予感を、ほんとにしたのは、ほんとのことにしちゃったのは、誰でもない、あたしだった。

殴ってくれてれば、あたしは、ラクになれただろうか。

殴ってほしくないときには殴られて、殴ってほしいときには、殴られない。というのは、バツとしては、一等、おもい。

いま。

まいにちまいにち、便所に行くのもしんどくて、忘れん坊で、ずうっと前のことはおぼえてっけど、最近のことはつぎからつぎへとわすれっちゃう。どうせなら前のことも、道子の死んだ日のことも、わすれてしまいたいんだけど、そういうことはわすれない。日になんども、道子がきょろりんの目ぇしてこっち見てにっこにっこしてた、なんともいえないかあいいかおをおもい出して、気づくとそこいらにあるもんに味噌塗ってて、なにやってんだろう、と、おもう。

兄貴は、道子が死んで元(もと)の木阿弥(もくあみ)んなって、前よりうんとひどくなって、ポン中を通り越して、わざわざ横浜まで出掛けてってヒロポンよりおっかない薬に手ぇ出して、線路の下の青線地帯の道っぱたでおっ死(ち)んだ。ドブに片足突っ込んでたから、そんなやからはそこいらではごまんといたから、酔っ払いかヤク中が寝てるだけとおもわれて、うっちゃらかしておかれたまんまで、だから知らせが来たのは一週間後で、警察署で対面した兄貴のかおは土気いろにむくれてて、ドブに突っ込んでた左足は、膝から下の肉がでろでろに腐って、中の骨が丸見えだった。

誰にも看取(みと)られず、兄貴は、死んだ。

たったひとりで、落ちていった。

四十九日に納骨を済ませると、広瀬のねーさんは彫師のとこに出かけてって、背中一面に蓮を彫った。

そのあとですぐ、あいさつもなく、いなくなった。

あたしだけが、あいもかわらず、生きていた。

道子が死んだこの家で。

道子を死なせたミシン踏んで。

それが、バツだ。

不義の子を、孕んだ、バツ。

いい気んなって、ミシン踏んでた、バツ。

いい気んなってミシン踏んでたから、ミシン踏めなくなってずいぶん経つのに、生きつづけなきゃなんないのも、バツだ。

兄貴のことも、あたしのことも、おてんとさまは、きっちり見ていた。

テンモーカイカイで、じいっと、見ていた。

あたしはいったい、いつまで生きれば、いいんだろう。

みっちゃん。

てんじょにいる、道子を、呼ぶ。

道子は、きょろりんの目ぇして、なんも言わず、にっこにっこ、にっこにっこ、わらってる。

みっちゃん。

ついでに、ほかのみっちゃんを、呼んでみる。

お世話してくれるみっちゃんたちも、にっこにっこわらって、貧乏人のくったくない笑顔でにっこにっこわらって、だから………

道子のまねっこして、みぃんなまとめてそう呼ぶことに、決めちゃったのよ。


ばあちゃん、うんこ、出た？

嫁が、くる。ああ、寝過ごした。しょんべんしに便所にも行かず、新聞を取りにも行かず寝てたから、うっかりして今日が『ご家族様対応』だということも、わからなかった。

今日は、何月何日何曜日の、今何時？

嫁は、そんなの言ってもどうせすぐわすれるから、と言い、今七時、とだけおしえてくれた。

それは、おかしい。嫁が、そんなに早く来たためしは、今までに一度だって、なかった。

いぶかしげに、嫁を、見る。

あのねえ。と、嫁は言い、ししし、と、わらった。

みのる兄さんが、…………死んだ。

あっはっはっは、わーっ、はっはっ！

嫁は、火がついたように畳の上を転げ回って、わらいつづけた。

…………いつ？

昨日の夕方。十七時三十三分。

…………なんで？

多臓器不全。だって。ほら、もうさあ、限界とっくに超えてたの無理矢理生かしてただけだから。ねえさんと民子が、必死こいて延命やってただけだから。けど、ようやく死んだ。死んでくれた。亮太の総取り確定だ！

わーっはっはっは、はっはっはっはっ！

あんまり大口あけてわらってっから、閉じるとき、ゴキッ、と鳴った。

やっべー、アゴが外れるとこだった。

と言い、それでも、ぐふぐふ含みわらいで、わらいつづけた。

嫁は、チャーコール・グレーの服着て、化粧もバッチリして、これから偵察がてら手伝いに行く、と、はりきっていた。

嫁が、あまりにも死んだ死んだとはしゃぐので、あたしはすこし、妙な気がした。

あたしも、みのるは、すきじゃなかった。

はっきり言って、きらいだった。

けど。

こんなふうに手放しによろこんでも、いいのだろうか。

もしも。

もしも、みのるがいなかったら…………

そのどっちでも。

道子は、ハナからこの世にいなかった。

もともとこの世にいないんだから、疫痢にもならず、死ぬなんてこともなかった。

けど。

あたしは、道子にあえて、よかった。

たとい。

どんなめぐりあわせであろうと、道子にあえて、ほんとに、よかった。

そのあとで、どん底を味わわなくてはならなくなって、うんとうんと悔やんでも、そん時は、道子が生きていた時は、ちょっとの間だったけど、しあわせだった。

うんと、ううんと、しあわせだった。

あたしには、しあわせな時期が、たしかに、あった。

そんなことはないとはおもうけど、今までだってなかったけど、なんかの折に、だれかに、
しあわせだったか？　と、聞かれたら、そん時は、
しあわせでした。

と、こたえてやろう。

つべこべ言わず、ひとことで、こたえてやろう。

そうそう、おばあちゃん。みのる兄さんちに行ったら、どさくさまぎれに家捜しして、通帳奪い返してきてやるよ。

飯台拭き拭き、嫁は、言った。

あい。

飯台は、煮豆の汁や牛乳やしょうゆやソースなんかが固まって、盛り上がってる。嫁は、炒め物するヘラを持ち出してきて、べたべた汚れをカリカリこそげた。

よかったね。

台拭きでざっくりふき取る。そのあとで、洗剤を飯台にじかに垂らして、スポ

ンジでこすった。

あい。

ひょっとすっとこの嫁は、仕込めば使いモンになるかもしんない。

泡だらけの飯台を、台拭きでぬぐい、洗って、絞る。

幾度も、くり返す。

よかったねー。よかった、よかった。と、嫁は、言った。

泡をぜんぶ拭き終えたあと、乾いたふきんで、おおきな動きで、水気をぬぐった。台拭きは石鹼(せっけん)で洗い、きつく絞って流しのへりに。乾いたふきんも石鹼で洗い、きつく絞ってふきん掛けに。

その動きには、ただのいっこも、無駄が、なかった。

ああ。と、おもう。嫁はすでに、仕上がってる。

ほんっとに、よかった。と、嫁は、言った。

…………よかったでしゅ。と、あたしは、言った。

なんとはなしに、つじつまが、あう。

嫁は、勢いにのって、こっちの手を、しっかと、握った。

……………。

嫁と手をつなぐのはたぶんこれがはじめてで、こんなふうにいつまでもつないでいられっと、バツがわるい。

ゆるゆると、手を引きぬく。

おばあちゃん、これ。

ようやっと手が離れたところで、おもいだしたように嫁は、『文明堂』の袋をわたしてよこした。

これからは、すきなもんすきなだけたべて、すきに生きればいいから。

袋の中身は、一日や二日では喰いきらないほどの、シベリヤだった。

明日がお通夜で、あさってが告別式で、そんなだから、これからは今までみたく、ちょいちょいは来られないかもしんないけど、ヘルパーに買い物でも洗濯でもなんでもやってもらうといいからさ。さっきケアマネに電話して、あたしが来れないぶん、ヘルパーの回数増やしてもらうよう言っといたから。

あい。

自費が出てもいいから。デイサービスも、すきなだけバンバン増やしていいからねっ。出前とかも、バンバン頼めばいいからさ。

あい。

ここ、ギリ商業地だから、おもった以上で売れるって。なんなら、七階建てくらいのビルにして、一階で亮太にシャレオツな居酒屋カフェみたいなのやらして、上はワンルームにして人に貸して、その上がりをローンにあてて、最上階にうちらが住んでもいいわけだし。

ね。

……………うちらって、誰？

え？　…………やだな、ばあちゃん。たとえばの、話だから。そっこー、わすれろ。

あい。

じゃあね。

あ、ちょっと。

なに？

最近見かけないけど、健一郎は、どうしてる？

ちゃらちゃらまくし立ててた嫁のかおが、一瞬にして、凍り付く。

困り眉毛が、八の字になる。

そのあとで、取り繕うように、ゆっくり、わらった。

元気だよ。

と、嫁は言った。

ああ、そう。そんなら、よかった。

元気にしてっけど、なんせ仕事がいそがしいから。なかなか行けなくって、ごめんな。だって。かーちゃん、ごめんな。…………だってよ。

ああ、そう。そんなら、よかった。

しみじみ、よかった。

子どもは元気でちゃんと仕事やってるのが、一番だ。元気でちゃんと仕事してるってだけで、じゅうぶんだ。それでじゅうぶん、親孝行だ。だから親は、いそがしく仕事してる子どもに、さみしいだなんて、さみしいから会いに来いだなんて、死んでも口にしたらいけない。死んだときにだけ、来てくれれば、それで、いい。

……よかった、ね。

あい。

……じゃあ、ね。

あい。

じゃあ、バイバイね。嫁は、一気に若返ったような、ふけたような、どっちつかずのかおで言って、手を振った。バイバイね、おばあちゃん。

あい、さようなら。

ほんとにね……バイバイね、おばあちゃん。

あい、さようなら。

おばあちゃん……

嫁は、めずらしく、名残惜しげに、振りむいた。

なんだろう。なんだか今生(こんじょう)の別れみたいでしめっぽい。

しめっぽいのは、虫がすかない。

だからあたしは、まだなんか言いたそうな嫁に、いつにも増して、あっさり、言った。

あい、さようなら。
ギョメイギョジ。

デイサービスでは、なぜか、広瀬のばーさんと、おとなりどうしになっていた。
米山のじいさんの姿を、さがす。
米山のじいさんの姿は、どこにも、なかった。
じいさんは、死んだよ。米山のじいさん。
…………。
死んだんだよ、米山のじいさん。
…………いつでしゅか。
先々週。死んだこと、わすれてただろ。
…………。
先週も、おとついも、聞いてきたけど、聞いたことすら、わすれてただろ。
…………。
デイサービスでは、誰かが死んだり、施設に行ったり、病気んなって入院しても、とりたてて発表しない。そんで、あたらしい人間が毎回のように来て、その分、誰かがいなくなってても、人数はあんまり増えたり減ったりしないで、しみじみ、うまくできている。

あたしは、たいがい、誰かがいなくなっても、しらないまんまで、そういえば最近あの人見かけないな、とおもっても、あの人のかおがおもい出せない。だけど。

米山のじいさんのことはおぼえてて、かおもしっかりおもい出せる。

はじめまして。農家じゃないのに、米山です。海にいたのに、米山です。

米山のじいさんの、自己紹介も、おぼえてる。けど。

死んだことは、わすれてた。

おとついも言ったけど、くも膜下出血だったってさ。

………。

くるしまないで、朝、裏に住んでる息子が呼びに行ったら、眠ったまんま死んでたって。

言いながら、広瀬のばーさんは、茶をすすった。広瀬のばーさんのお茶は、なぜだろう、見たところ、トロミがついていないようだ。そのことを、おたずねしてみる。

ぼけてたり、ねたきりとかになってなくて、つね日ごろからそんなにむせない人間には、トロミがついてないいんだよ。

……それはつまり……こっちの茶にトロミがつけられてるってことは、あたしはやっぱり、ぼけてるって、おおっぴらに認定されてるってことなんだろうか？

ねえ、カケイ。

あい。

だけどどうして、男はみんな、先に死んじゃうんだろうねえ。

今日のおやつは、みつ豆だった。

しゃじですくって、みつ豆を喰う。寒天は角が取れてて、全体的に甘みがよわくて、はっきり言って、まずかった。

あたしはね、カケイ。いろんな男とナニしてきたけど、数わかんないくらいたくさんの男とナニしたけど、やっぱし金ちゃんとのナニが、一番だった。一番よかった。

おもいだす。

うちの苗字（みょうじ）は金子だったから、兄貴はみんなに、金ちゃん、金ちゃん、と呼ばれてた。まま母はそう呼ばれるのがやで、呼んだ子を薪で脅して言いなおしさせてた。けど、広瀬のばーさんだけは最後まで負けないで、金ちゃんで通した。それで、まま母が本気で怒って薪で叩いたら、広瀬のばーさん、いやねーさんも怒って、まま母に『インバイのくせに、でかいツラすんな』と言って、かおめがけてツバキを吐いた。

そんときの、まま母の怒ったかおは、見ものだった。

そんとき、あたしは、腹の底から、スッ、とした。

今。ひさしぶりに、金ちゃんと聞くのは、なつかしかった。

ねえ、カケイ。

あい。

金ちゃんはね、あんたのこと、すごくかわいがってたんだよ。

…………。

借金のカタに店取られたとき、向こうはそれでも足んないって、妹んちもよこせ、よこせばチャラにしてやる、って言ったんだよ。金ちゃんそれですごく怒って、そいつんとこに乗り込んでって、でもう勢いのあったころとちがって、ポン中で廃人同然だったから、一瞬のうちに半殺しの目にあわされた。しらないだろ、それ。

あい。しりましぇん。

そんなボロボロな身体でもって、あんたの亭主の行方さがして、結局どこにいるかわかんないから、もぐりの医者にたのみこんで行き倒れみたいな奴をあんたの亭主に見立てて死んだことにして、家の名義をあんたの名前にして、火の粉があんたにふりかかんないよう、苦手なお役所の書類書きなんかも、自分でやって。やろうか？　って何度言っても、俺がやる、の一点張りで。下手っ糞なミミズがのたくった字を背中丸めてシコシコ書いて、何度やり直しさせられても、窓口の慇懃な役人に皮肉言われても殴りかかったりしないで、はいっ、はいっ、て小学生みたく返事しながら書き直しして、名義変更やら相続税やら年金やらの手続きなんかもぜんっぶひとりで、ひとりっきりでやり切って、安心して、すぐ死んだ。

………。昔こんだけ勉強やってたら、俺も今ごろ、アレだったかもな。って。

………。祝いでもって、ちょっくらハマまで行ってくらぁ。って。

やっさんに、覚えてっか？　やっさん。船元の。八重樫さん。

やっさんに言って、屋形船出させて、仲間引き連れて、横浜行って………

おっ死んだ。

………。黄金町でみんなして女買いして、酒かっくらって、やっさんたちは仕事があるから帰るって言ったけど、俺はあと二、三ち遊んでから帰るって、その二、三ちのうちに、おっ死んだ。

………。知ってっか？　死んだあと、しこたまのこった借金、どうしたか？

………。とびた。知ってっか？　とびた。

……………。

しらないだろ。あい、しりましぇん。ごめんなしゃい。いいよ、あやまんなくってても。地元じゃさ、さすがにアレだから。大阪のとびたってのは、はやい話が、遊郭。ちょんは十五分。ダブルは三十分。吉原なんかとちがって『お兄さん、生まれはどちら?』なんてどーでもいい話をしなくてもいいから。おさわりなんかもしてるとそのぶん時間食うだけだから。入れるだけ。ただ入れるだけ。穴ぼこに。パチンコみたく。目ぇつむってパチンコ台になってれば、じゃんじゃん稼げる。朝早くから夜遅くまで、多い時で三十人。アソコがひりひりしてどうにかなっても、軟膏塗って、休まないで、根性で客とって。

……………。

そんで。きっちり、返した。三年で。きっちり、返した。

ピン札で。帯封のピン札にして、耳そろえて返してやった。

はっ! ザマー見やがれっ!

……………しらないだろ、それも。

……………。

しらなかった。広瀬のばーさんは、兄貴の借りを返してくれた。あたしの家を借金のカタにとらせないで、インバイやって、なんか見かけないなとおもってたあいだに、そんなんしてたんだ。うちのまま母をインバイ呼ばわりしてたのが、因果はめぐるで、自分もインバイやってたんだ。兄貴をひとりで落とすまいと、広瀬のばーさんは、一緒に落ちてくれたんだ。

………。

そんなかお、すんな、って。べつにあんたをせめてるわけじゃないんだから、さ。

………。

恩に着せようとかいうわけでもないし、な。

………。

ことあるごとに、あんたのことよろしくたのむ、って。金ちゃんに言われてたから、さ。じゃあ、あたしは誰によろしくされんだよ、って、皮肉言ったら、金ちゃんわらって、おまえは強いからひとりでもへっちゃらだろう、って。

ったまくんな。勝手に決めつけやがって。

……。

だから、ちょっとは、さ。なんてのかな。あたしたちに感謝しろ、とかってんじゃないけど、あたしのことはどうでもいいけど、ちょっとは、さ、金ちゃんのこと、たまにはおもい出してあげて、さ。

……あい。

あのさ、カケイ。

……あい。

……道子、ね。

……あい。

あんとき……彫りもん消すのしぶってて……わるかったな。

……。

あたしが、あんとき、彫りもんすぐ消してたら、ちがってたかもな。

あたしも、あんたも、金ちゃんも、道子も、ちがった人生んなってたかも
……、なんて、な。

でももう、ここいらで、さ、ここいらでもう、仲直りしようや。

………。

ここいらで、恨みつらみも呑んでもらって、仲たがいもおしまいにしようや。

おたがい、老い先永くはねえんだから、さ。

………。

そうだったのか。

と、はじめて、気づく。

広瀬のばーさんはながいこと、道子のことで、あたしが怒ってると、おもっていたのか。こっちにはなんにも言わず、インバイやることをひとりで決めて、苦界でひとり、がんばって。

たったひとりで土俵入りして、ひとり相撲をとってたんだ。

広瀬のばーさんも、そっちのクチだった。

人生を後悔してる、クチだった。

たった今、はじめて、知った。

道子のことは、広瀬のばーさんのせいでも、誰のせいでもない。

あたしのせいだ。

だからちっとも恨んでいない。自分を恨んでいただけで、しいて言えばみのると、みのるを置いてった亭主をちょこっと恨んでただけで、そのほかの誰かを恨もうなんて、かんがえてもみなかった。

それに。兄貴が半殺しの目にあいながら骨折ってくれたことも、広瀬のばーさんがひとり相撲やりながらインバイやって、こっちに火の粉が飛ばないようやってくれたことも、ぜんぜん、いっこも、しらなかった。

役者が上すぎて、これっぽっちも、気づかなかった。

広瀬のばーさんがインバイやってたのは、広瀬のばーさんの因果応報なんかじゃ、なかった。

あたしが、インバイでもなんでもやんなきゃなんないのを、肩代わりしてくれたんだ。

あたしはただ、ミシンだけ、踏んでりゃよかった。

ただ、ミシンだけ、やってりゃよかった。

損した。

と、おもってたけど、なにかにつけ、自分は損した、自分だけが損した、と、おもってたけど、それは、おもいあがりだった。

広瀬のばーさんをこころん中で煙たがってた自分に、いままでの自分に、うんと、ううんと、腹が立った。

……………あのさ、カケイ。

……………あい。

あんた、米山のじいさん死んで、さみしいか。

……………あい。あ、いえ。

どっちなんだ。ほの字だったんだろ、じいさんに。

……………あい。あ、いえ。

どっちなんだよ。業を煮やしてイライラしてるばーさんは、ほんとはうんとやさしいことがわかってても、目の前にすっと、やっぱり、こあい。

あの、ええっと、ほの字かといえばアレだけど、でも、べつにさみしくはないのよ。死んだって。道子んときは、しんどかったけど。逆縁だから。今でもずっとしんどいけど。でも、ばーさん、あ、じゃなくって、ねーさんのことは、これっぽっちも、恨んでなんかいましぇんでした。わるいのは、自分だもの。ねーさんは、これっぽっちも、わるくはないのよ。

広瀬のばーさんのほっぺたを、目張りと一緒に流れ出したくろい涙が、幅広の涙が、だらだら、垂れる。

米山のじいさんのことは、なんでかなあ、不思議とさみしくないのよねぇ。だってほら。どうせおんなしだから。ここまできたら、生きてたって死んでたって、どっちだっておんなしだもの。船の鼻っつらに陣取って、むこう岸に足伸ばして、すこうしずつ足伸ばしてって、なんかの拍子にひょいと渡れっちゃうようなもんだもの。だから生きてようが死んでようが、どっちだっておんなしで、どっちだってかまわないのよ。どうせすぐに会えんだから、どっちだってかまわないのよ。

…………。

広瀬のばーさんは、派手なチョウチョのハンケチでぽちっぽちっ、と目頭と目尻を交互に押さえた。それから、なにか言いたげに口をいごかし、結局、なんにも言わなかった。

帰りしな、広瀬のばーさんは、まねき猫の刺繡（ししゅう）のついた巾着袋をわたしてくれた。

しゅんません。

ここにきて、やっとこすっとこ、お詫びがゆえた。

兄貴のことや道子のことや、いろいろぜんぶ、ぜーんぶのことの、お詫びがゆえた。

広瀬のばーさんは、そそくさと送迎の二号車に乗り込んで、乗り込んでしまったあとで、ヘビの指輪がはめてある中指のフシでもって、窓ガラスをコンコン叩いて、大仰に二度、うなずいた。

二号車が出発してすぐ、巾着をのぞく。

すると。

そこには。

はじめて見る、通帳と印鑑が、はいっていました。

遺言書

この通帳のお金はみっちゃんたちで平等にケンカしないで分けてください

令和二年九月二十七日

安田カケイ

これだけ書くのに、けっこうな時間がかかった。

そこいらにうっちゃらかしてた紙をひらってみたら、そこに遺言書の書き方と書く紙が入っていて、渡りに船でそれに書こうとおもったけど、ボールペンをにぎったら手がぼっこになってて、がんばって書いてみたけど、にょろにょろと『遺』という字を書いただけで紙の半分くらいをつかってしまった。それで、カレンダーを一枚はいで、はいだ裏を使って、あと力がいるボールペンは止して、あんまり力のいらない『マジックインキ』を使って書くことにして、これはなかなか正解だった。

日付は、何度も何度も新聞で確認したから、あんしん、だ。

けど、興にのって、いきおいで今月分のカレンダーをびりびりはいでしまったから、今月の残りの予定は、いちいち『遺言書』をひっくりかえしてみないことにはわかんない。けっこうな不便になってしまうが、まあ九月だけしんぼうすれば、あとちょっとだけしんぼうすれば、十月んなって、またあたらしい月がめぐってくるので、しんぼうするのは馴れっこなので、しんぼうしよう、と、おもう。それでもって、手本を見い見い、けっこうな時間かかって、ついに、書いた。書き上げた。

手をめいっぱい伸ばして、とおくにかざすと、字がへなちょこで、ぜんたいが右さがりで、よく見積もっても子どもの落書きにも劣るけど、今の自分からしたら、上出来のぶるいに入る。

ああ。

字をやっといて、しみじみ、よかった。

あんときのがんばりが、ここで、きっちり、実をむすんだ。

むかしの自分に、たすけられた。

あとは、玄関にあるハンコを押せば、それでいい。手本によれば、ハンコを押してはじめて、カタチ、になるらしい。

通帳を、繰る。

道子がうまれてすぐ、これからは内職の手間賃がはいったら俺に全部あずけろ、いる分だけその都度言え、と有無を言わさず、兄貴はそうさせた。

借金も財産のうち、とうそぶいていたくせして、あたしにだけ、おまえはこれから道子のために貯金しろ、と言い、月末になると、きっちり取り立てにやって来た。あたしはだから、しょうゆ買うにも、コロッケ買うにも、いくらいくら都合してください、と書いた紙を健一郎に持たせて使いにやった。それが面倒んなって、ツケで行商からなんでも買って、月末の取り立ての時、その月の分をまとめてもらった。

そのうち、行商のババアは割高だから俺が用意する、とこまかいことを言いはじめて、米や味噌やしょうゆや落とし紙なんかは兄貴か広瀬のねーさんが、頃合いを見計らって、持ってきてた。

通帳の日付は、道子がうまれた月の翌月からはじまって、月ごとに千円とか、千五百円とか、二千円がおあずかりされて、利子でもってたまに六十五円とか、百十四円とか、三百七円とかがついてて、あと、月末でもないのにおあずかりがあって、それは百円とか、五百円とか、一万円とかマチマチで、よくよく日付を見ると、健一郎と、あたしと、道子の誕生日で、健一郎とあたしの誕生日は五百円と千円だけど、道子の一歳の誕生日が一万円で、二歳の誕生日が二万円で、道子の分はそれっきりだ。

　それで、道子の死んだ月の前の月の月末に二千五百円がおあずかりされてて、それはたぶんミシンの内職代金で、でも内職代に端数がないのはおかしいから、端数が出ないよう、兄貴か広瀬のねーさんが、毎月足し前してくれてたんだ、とおもう。

で。

　通帳は、そこで、おわってる。

　お支払いの金額は、なんでだろう、いっこも書かれて、いなかった。

　ひょっとすると、行商に払ってた金も、兄貴が出してくれてたかもしんない。

　こんだデイサービスに行ったら、広瀬のばーさんに聞いてみよう。

と、おもう。おもうが、きっと、わすれっちゃう。

　通帳の残高は、十一万九百二十二円。だ。

　あたしは、ちかごろ買いもんも自分で行ってないから、モノの値段がどんだけ値上がりしてるかわかんない。わかんないけど、ずっとあずけっぱなしで通帳もシミだらけだから、シミの分くらいは利子もついてるはずだから、値上がり分と利子とでもってトントンくらいで、こんだけあったら、みっちゃんたちがみんなで分けても、ひとり分にしてもちったぁまとまった金額になるんじゃないか、とおもって、それぞれが、それぞれなりに、ひとごこちつけるんじゃないだろうか、とおもった。

どうせもう自分で通帳持ってても、お引き出しに行けないし、みっちゃんの誰かについてきてもらってお引き出しに行けたとしても、つかい道もシベリヤ買ったり、缶詰ちょこっと買ったりするくらいしかおもいつかないから、その分よけとくのも面倒だから、最初っからぜんぶ、みっちゃんたちにくれてやったほうが面倒がなくて、さっぱりする。

だけど、遺言書がないと、嫁が勝手にいいように使っちゃうだろうから、なんとしてでも遺言書だけは書きたかった。書き上げたかった。

それで、がんばってみることにした。

だけど、正直、書けるか書けないか半々の、出たとこ勝負だった。

あああ。

書けて、よかった。

心底、よかった。

よっし。

掛け声をかけて、まわれ右して、玄関にむかう。ほんとは手すりにつかまって立ち上がるべきなんだけど、つかれてて立ち上がるのは面倒だから、横着して、這ってゆく。今日くらい横着して這ってっても、おてんとさまはゆるしてくれるにちがいない。

戸をあけて、ほんのすこしの段差をおりる。

ハンコは下駄箱の上の木箱に入ってて、回覧板の度にお隣が勝手に押して反対側のお隣に回してくれるようになってる。

木箱は、あった。

手を伸ばして手繰り寄せて、木箱をあける。

どういうわけか、朱肉はあるのに、ハンコがない。

はて。

と、おもう。お隣の柴崎さんの奥さんはせっかちで、チャーッと来て、一応大声でなんか言って、ハンコを押してチャーッと出てく。

柴崎さんの奥さんは、せっかちの上におっちょこちょいだから、ハンコを箱にもどさないで、そこらにうっちゃらかして行ったんだろう。

下駄箱の上を見るために、結局は、立たなきゃなんないのか。

壁の手前の手すりを、もつ。

あー、やっぱり。今日は、足にちからが、入んない。

よっこらしょ。掛け声を掛けても、だめだ。

えい、えい、おー。これでも、だめだ。

さいごのさいごに、とっておきのやつで、やる。

かあちゃーん。

それで、立てた。

しみじみ、誰もいなくて、よかった。

もしも誰かに聞かれたら、それはそれで、恥ずかしかった。

とにもかくにも、立ててよかった。

下駄箱の上を見ると、案の定、むこうの端にハンコがあった。しろい、ハンコ。

手を、伸ばす。だけど、もうちょいで手がとどかない。けど、ほんとに『もうちょいショー』だから、ちょっとだけ手すりから左手をはなして、ハンコにむかってめいっぱい右手を伸ばして、伸ばしながら、そういえば巾着の中に通帳と一緒に通帳用のハンコが入っていたな、とおもいだし、おもいだしたが、おそかった。

気がつくと、目の前に、木目があった。

見慣れたてんじょのうねうねとした木目とはちがう、すいすいとしたまっすぐな木目が、鼻っ面に迫っていた。

はて、ここはどこだろう？

いごこうとして、あちこち痛くて、どうにもこうにもいごけなくて、目ん玉だけで見回すと、車椅子がたたんであったり、下駄箱があったりして、

そうか、ここは玄関だ。

と、わかった。

わかったとこで、もういちどがんばってみても、からだ全体がゆうことをきかないことには、かわりがなかった。

まあけど、目ん玉だけはいごく。

ぐるぐる目ん玉をいごかして、見る。

磨(す)りガラス越しに見えるおもては、くらい。

夜は、ありがたい。

夜は、ほんとうに、ありがたい。

けど。今にかぎってゆえば、ありがたくなかった。

あー。

と、おもう。

こんなところで、自分はいったいなにやってんだろう。

夜なのに。

夜は、やることといったら、便所に行っておむつを漏れないようにきちんとはいて、漏れないよう真ん中にパッドをやって二重にして、寝床に行って、ねるだけだ。いっつもそうしてやってるのに、毎日やってて慣れてるのに、今日は、なんだかわかんないけど、玄関に仰向(あおむ)けに倒れてて、いごこうとすっと、あっちこっちが痛い。

痛いのには、もともと馴れっこなはずなのに、まま母に薪で叩かれて鍛えられているはずだのに、痛くて、いごけないほど痛いというのは、いったいどうしたことだろう。

………。

ひょっとしたら。と、おもう。

………。

ひょっとしたらこれは、おてんとさまの、アレかもしんない。

例の、アレ。

ひょっとすっと、あたしはここにきて、がらにもない、なにやらいいことをやらかそうとして、中身はわすれちゃったけど、なんだろう、たとえば、みんなが寝しずまっているあいだに町内じゅうのドブさらえしようとか、世直ししようとか、そんなだいそれたことをおもいついて、死に体でもって死に花咲かせよう、みたいなだいそれたことをおもいついて、うかれておもいついたことをやろうとして、やれるはずもないことをやろうとして、よくわかんないけども、うかれた余韻がのこってっからそんな気がすんだけど、けっきょくは、下手のかんがえで、

それで、

焼きが回って、こんなにも痛い。

そうゆうことなら、つじつまが、あう。

あー。

けど、今は夜だから、朝んなったら、どのみっちゃんかわかんないけど来たみっちゃんが、中であたしが倒れているかとおもってドキドキしながら合鍵つかって、玄関をあけなきゃなんない。

来たみっちゃんは、さぞやびっくり仰天することだろう。

かあいそうに。

あー。いっそ、こんな時は、ご家族様対応のが、マシかもしんない。嫁が来て、来る早々叱られて、はたかれるかもしんないけど、手のひらではたくだけだし、嫁はかおもからだも手のひらもむくんでっから、正直あんまし痛くない。

ここだけの話、嫁は、年がら年中酒くさい。

アル中かとおもうくらい、酒くさい。おんなのアル中は、正直、みっともいいもんじゃない。けど…………あんな嫁でも、ひと知れず、なんかがあるのかもしんない。言わないだけで。こっちに言っても、なんにもなんない、とおもって。

あれもあれで、ひとりでなんかを背負(しょ)ってるのかもしんない。

嫁は、ぶつくさもんく言いながら、救急車呼ぶなり、みっちゃん呼ぶなりするだろう。呼ばれたみっちゃんなら、ハナから合鍵をつかわないでいいし、呼ばれた時点で、こころの準備はバッチリだから、寿命がちぢむようなおもいは、させないで済む。

あー。今回だけは、ご家族様対応になっていますように………。

手を合わせて、いのる。神さんや仏さんやおてんとさまや、そんなもんにむかって、いのる。気合いを入れて、よっく念じて、ぎゅうぎゅうぎゅういのる。

ぎゅうぎゅうぎゅういのって、ぎゅうぎゅうぎゅうぎゅうぎゅういのってるうち、なんのこといのってんだろう、と、おもう。

そうおもって、手をひらげたら、
花が、咲いてた。

あ。

………これが………ばあさんの見てた花なんだ。

あんときは、見られなかったが、今んなって、やっと見られた。

あー。と、おもう。


花はきれいで、今日は、死ぬ日だ。


あー。そんなもんだろうか。こんなに、あっけないもんだろうか。

玄関もふだんどおりだし、雨も降ってないようだし、たまに前の道をくるまが走ってゆく音がするけど、それいがい、しずかで、今日は何年の何月何日かわからないが、ふつうすぎるくらい、ふつうの日だ。

手のひらを、ながめる。

手のひらを、しみじみ、ながめる。

やっぱり、花は、咲いている。

花は、手前の方は、たんぽぽとか、はきだめ菊とか、にらの花で、とおくの方は、ゴールデン・エローとかチャイニーズ・ピンクとかパッション・レッドとか派手な色だが、全体的に輪郭がぼやけてっから、種類までは、わかんない。

そうだ。

と、おもう。

この花を、だれかに見してやりたい。

と、おもう。

みっちゃんたちの、誰でもいいから、誰かに見してやりたいなぁ。

あー。

けど、そうはおもっても、ちっこかったあたしが、ばあさんの手のひらに咲いてる花が見えなかったように、たといみっちゃんたちの誰かがここにいたとしても、ここにいてくれたとしても、万が一、万々が一、健一郎が駆けつけてくれたとしても、この花を見してやることは、できまい。

残念だ。

それだけが、うんとううんと、残念だ。

目を、とじる。

目を、あける。

やっぱり。

死ぬことは決まってっから、できるだけながいこと目をあけておいた方が、得かもしんない。首をいごかすと痛いから、目だけできょろきょろあたりを見回す。今生の見納めで、意地きたなく、きょろきょろ見回す。こんなときでも、おもしろいことがないかとおもって、きょろきょろ見回す。

で。

めっけた。

あがりかまちの、裏っ側に。

ふだんは、こんなとこ、こんなしてのぞいたこともないから、ちっとも気がつかなかったけど、たった今、めっけた。

手あと、を。

ちっこい、手あと。

あがりかまちをあたらしくしたときはもう、健一郎はけっこうおおきくなってたから、これは、こんなちっこい手あとは、道子の手あとに、まちがいない。

ああ、けど、こんなことでもなかったら、あがりかまちの裏側なんて見ることもなかったろう。

しみじみ、おもう。

わるいことがおこっても、なんかしらいいことがかならず、ある。

おなし分量、かならず、ある。

ちっこい手あとに、自分の手を、そうっと、かさねる。

みっちゃん。

小声で、よぶ。

おもいつく。

とにかくがんばって、痛いのをガマンして這ってってって、あるったけの米をといで、米を炊いて、炊き上がったら俵形のおむすびをうんとこさえて、それに味噌を塗って、あればきゅうりや干し芋にも味噌塗って、あるもんぜーんぶに片っ端から味噌塗って、それを新聞紙にくるんで、風呂敷にくるんで、三途(さんず)の川が荒れてても中身をおっことさないよう本結びにして、背中にしっかり括(くく)り付けて背負っとこう。

ついでに。仏壇の兄貴の写真に供えてある、兄貴がすきだった両切り煙草も包み中に入れとこう。しっけてるとはおもうけど、そこは大目に見てもらおう。

ああ、けど、からだをちょっとでもいごかそうとすると、やっぱり、痛い。

手を、見る。

あいかわらず花はきれいで、だんだんと満開具合も増してって、ゴールデン・エローの百日草や、チャイニーズ・ピンクのなでしこや、パッション・レッドのビロードみたいな鶏頭なんかが、手前の方にもにぎやかに、ぽっ、ぽっ、ぽっ、とおどり咲く。

めでたいような、めでたくないような。

死ぬんだから、ほんとはめでたくないんだろうけど、なんだろうか、景色だけ見てっと、うんとめでたい。

ひとり、興に乗ってくる。

この世にぃ、みれんはぁ、ないけぇれぇどぉぉぉ

出鱈目なうたを、うたう。

酒は一滴も入ってないのに、酔っ払ったときみたく、気分がいい。

ここだけの話。

亭主が逃げたあと、お勝手で隠れて飲んだ酒は、旨かった。

亭主は、今も、元気だろうか？

あ？

手のひらの景色の、とおくの方に、なんかが、見えた。

目を凝らす。

花だらけの地平線の彼方に、それまでなかった、点ポチが見える。

点ポチは、ゆっくりだけど、すこしずつ、たしかにこちらに近づいてくる。

そのうち、点ポチが丸ポチになって、でっかくなって、どんどん、どんどん、でっかくなる。でっかく、でっかく、でっかく、でっかくなって、

そうして、ついに、リヤカに、なった。

リヤカには、見覚えがあった。

あのリヤカは、できあがった下着の箱をつんで、親玉のところまで持ってってったリヤカで、その証拠に、荷台の前っかしに道子のガラガラがゆわってある。

あのころ。

健一郎のおもりはアテになんないから、道子をおぶって連れてって、坂の途中の狭い空地で道子をおろしてガラガラ持たせて、ひと息ついた。

なつかしさが、胸いっぱいに、ひろがった。

リヤカはどんどん、ちかづいてくる。

リヤカが、なんで、どんな仕組みでもって近づいてきたかとゆうと、ハンドルの左右に、胴紐でもって、だいちゃんとチャンスがくくりつけられていて、だいちゃんとチャンスが、ふたりして引っぱってる。

だいちゃんとチャンスは、いつにも増して真面目なかおだ。

真面目なかおで、いたって真面目に、やっている。

それで、わかった。

みんなの言う『お迎え』というのは、これかあ。

と、わかった。

みんなが大仰に『お迎え』『お迎え』って言ってっから、かぐや姫のお迎えみたいなのが来るんだろうか、とおもってたけど、まあ看板にいつわりありで、じっさいはあれよか幾分落ちるかもしんない、と、ある程度覚悟してたけど、まっさかこんなとは、リヤカとはおもってもみないから、これかあ、とわかって、ちからが抜けた。

それでも、えらいもんで、そんなこちらの気持ちにはおかまいなしに、リヤカはどんどん、手前に向かって進んでくる。

けど。よくよく見てっと、チャンスのほうがだいちゃんよか一回りちっこいから、リヤカはチャンスの方にかしがっていて、そのせいで走る方向もちかづくほどに斜めってく。

あのまんまじゃ、ここまでたどりつかないで、とんでもない方角に行っちゃうんじゃないか、とおもって、そういえばミシンの上糸と下糸も、どっちかがきつくてどっちかがゆるいとピリつくなあ、とおもいだす。

こっちの不安をさっしてかどうか、だいちゃんがいったん立ち止まって、首傾げて、チャンスが追いついて追い越して、いったん反対向きに舵を切って、かお見合わせて、よしっ、となって、正面に向きなおってちかづいてくる。

ぐんぐん、ぐんぐん、ちかづいてくる。

それが、まあ、あんまり真面目なかおつきなもんだから、ひどく、おっかしい。

わるいけども、うんと、おかしい。

ふと、おもう。

三途の川は、どうすんだろう。
渡し場でもって、乗り換えんのか。
それとも、リヤカのまんま犬掻きでもって渡るのか。
渡し賃はいるんだろうか。
つぎつぎと、ギモンが、わく。
けど………
まあ、いいや。
なんだって。

かあちゃん。

と、呼ぶ。
呼んだのに、呼ばれたような、きもちんなる。
たぶん。
だいちゃんとチャンスを『お迎え』にするお膳立ては、兄貴がやったにちがいない。兄貴が苦心惨憺して、リヤカにだいちゃんとチャンスをくり付けて、迎えによこした。

そんで。

三途の川の向こう岸で、兄貴は、待ってる。

ちっこいのを、肩車して。

新聞配達のオートバイが、鼻っ面で、止まる。

呼べば、聞えるかもしんない。

けど…………

まあ、いいや。

戸の隙間から、風が、くる。

それで、わかる。

今は、秋だ。

解　説

酒井順子

世の高齢女性達は、「おばあさん」という言葉の中に、押し込められている。名字も名前も、性格も才能も、過去も未来もしっかりと持っている女性は、「おばあさん」

と呼ばれるようになると、その言葉の目隠し効果によって、個人としてのありようが見えなくなってしまうのだ。「おばあさん」と言われ続けることによって、次第に人としての様々な凹凸はすっかり削り取られ、ほとんど透明になって、女は死んでいく。

『ミシンと金魚』は、高齢女性を包む「おばあさん」という膜の中にある、ぷるぷるして湯気の立つような〝中身〟を引き出して提示する物語である。主人公のカケイさんは、認知症なので、ますますもって膜の中身はわかりにくいのだが、永井みみさんは見事にカケイさんの膜をつるりと剝いてみせ、彼女の人生を、我々読者のみならず、カケイさん本人にも差し出してみせた。

「おばあさん」という膜は柔らかそうに見えるが、それをきれいに剝くのは至難の業である。杖をついて街中をゆっくりと歩く白髪のおばあさんを見て、彼女の性格や性癖を想像することができようか。彼女は本当はせっかちかもしれないし多情かもしれないし腹黒いかもしれないが、杖や白髪が、それらを覆い隠すのだ。

著者はこれまでの人生で、ケアマネージャーを含む様々な職業を経験されてきた。その中で、年齢や性別にとらわれず、誰であっても一人の人間として対峙する習慣を培ってきたのではないか。

物語は、カケイさんの一人語りで始まる。

見世物小屋。

みっちゃん。

八卦見。

みっちゃん。

……と、「みっちゃん」が所々で登場しつつ、カケイさんの思いはあちらこちらへと乱れ、ああ認知症のおばあさんの感覚はこんな感じなのか、と思うのだが、そんなモヤモヤの中でも「この小説は絶対におもしろい」との確信を持つことができるのは、カケイさんの、「わすれっちゃう」とか「いごく」といったリズミカルな千葉言葉、そして周囲を見る視線の鋭さのせいだろう。

たとえば、じいさんに対して批判的な視点を持っている、カケイさん。

「としよりになったら、ほかのじいさんたちみたくえばってるのは負けで、おもしろいことを言ったりやったりしたもん勝ちだ」

との言葉に、膝を打つ。そして読者は、認知症はその人の性格を薄れさせるものではないことに気づかされるのだ。

物語を本格的に離陸させるのは、デイサービスの帰りにみっちゃんから言われる、

「カケイさんの人生は、しあわせでしたか？」

との問いである。カケイさんは、誰かから幸福を奪われ通しだった人生を、みっちゃんに語り出す。母親はカケイさんが生まれてすぐ死に、まま母は元お女郎。兄とカケイさんは、そんなまま母から、今で言う家庭内暴力を受けて育った。

成長すると、

「女はねえ、絶対手に職つけなきゃ、損するぞ」

という祖母の教え通り、せっせとミシン踏みに精を出すようになるカケイさん。以降、ミシンは彼女の心の拠り所になるが、しかし給金が入った通帳は、ヤクザな兄に握られていた。

カケイさんの不幸は、それればかりではない。夫の蒸発、性的虐待、望まぬ妊娠、娘の死、兄の死、息子の自殺……と、列挙すればそれは「壮絶な人生」以外の何ものでもない。

現状もまた、シビアである。ヘルパーや訪問看護、デイサービスに支えられ何とか一人で暮らしているが、「ご家族様対応」の日にやってくる亡き息子の嫁は、厳しい。介護の日々をカケイさんの前で「地獄」と言って憚らず、何かというとカケイさんの頭をはたき、遺言状を無理に書かせようともする鬼嫁なのだ。

このような状況を客観的に見れば、一人暮らしで認知症でお金もないカケイさんは、〝かわいそうな認知症のおばあさん〟でしかない。しかしそこから著者は、〝かわいそうな認知症のおばあさん〟という膜を、鮮やかに剝いていく。

転調は、二回目の「しあわせだったか？」の問いの時に、やってきた。カケイさんはなぜ、全ての介護職員を「みっちゃん」と呼ぶのか。その謎が明らかになった後で、カケイさんは確信する。不幸なことも数々あったけれど、それらの不幸は、きらきらと輝く一つの幸福な思い出につながっていた。だから、「しあわせだったか？　と、聞かれたら、そん時は、しあわせでした。

と、こたえてやろう。

つべこべ言わず、ひとことで、こたえてやろう」

と、思うのだ。

そこからは、真っ黒だったオセロの盤が、一つのカドをとったことをきっかけにパタパタと白に裏返っていくかのように、物語は進んでいく。息子の嫁のきつい態度は、カケイさんを思うが故のことだったのであり、本当は優しい心も持つ嫁だった。

兄・金（きん）ちゃんの女だった広瀬（ひろせ）のばーさんは、

「金ちゃんはね、あんたのこと、すごくかわいがってたんだよ」

と教えてくれ、死後に残った借金は、自身が身体(からだ)を売って返してくれたことを語る。

カケイさんは、しあわせを奪われ続けていたわけではなかった。嫁も、広瀬のばーさんも、全てのみっちゃん達も、皆がカケイさんのことを思っていたからこそ、カケイさんは人生の仕上げの時期を、一人で平穏に暮らすことができていたのだ。

著者は、鉄火な広瀬のばーさんからも、介護地獄にうんざりしている嫁からも、ヤク中でヤクザな金ちゃんからも膜を取り去って、本当の姿を明らかにしていった。膜の中に押し込められているのは、おばあさんばかりではない。憂き世で生きる人々は皆、何らかの膜の中に押し込められているのであり、そんな人々を解放して本当の姿を明らかにしていく著者の手腕を目の当たりにして、読者は自分まで解放されたような気持ちになることができる。

日本は、世界一の長寿国である。特に女性は、男性よりも五年以上長生きするのであり、日本はいわば〝おばあさん大国〟。高齢化も少子化も世界トップクラスの我が国は、超高齢化の道を突っ走っている。

おばあさんというと長閑（のどか）なイメージもあるが、高齢男性に比べると、高齢女性の収入はぐっと少ない。そんなおばあさん達のことを樋口恵子（ひぐちけいこ）さんは「日本名物・貧乏ばあさん（BB）」と命名しているのであり、おばあさんの未来は、決して長閑なものではない。

カケイさんもまた、BBの一人。自分がこんなに長生きするとは思っておらず、厄介者扱いされていることを自覚し、夜寝る時は、

「あああ。このまんま、あしたの朝、目が覚めなきゃいいのに」

と思っているのだ。

長生きがめでたいものとして捉えられなくなり、

「おばあちゃん、長生きしてね」

と言いづらくなった世において、人々の老後への不安は、たまる一方である。もちろん私も不安を抱える一人であり、自分がどう老い、どう死ぬのかを考えると、暗澹（あんたん）たる気持ちになってくる。

そんな、「老後」と言えば「不安」という言葉しか出てこない今の時代に力強く屹立（きつりつ）しているのが、『ミシンと金魚』だ。昭和の『楢山節考（ならやまぶしこう）』（深沢七郎（ふかざわしちろう））がお

ばあさんの強さを押し出し、平成の『おらおらでひとりいぐも』（若竹千佐子）がおばあさんの孤独を知らしめた後、令和の『ミシンと金魚』は、おばあさんが最期にたどり着いた心の平安を描き出した。

我々の胸に巣くう老後の不安は、「超高齢化」とか「介護保険の崩壊危機」といった、大きな世の傾向の中から湧き上がってくるものである。対して本書は、安田カケイという一人の人間の心の中だけの物語。この本は、世間にまどわされず個人として老い、個人として死に、個人として幸福を認識しろと、読者に語りかける。

面倒を見てくれるはずの子供達には先立たれ、きょうだいも既におらず、認知症をわずらって時に糞便にまみれ、最期は誰にも看取られずに一人で亡くなることになるカケイさんは、世間からは「孤独死」と言われるのかもしれない。しかしカケイさんは最期の時、手のひらに花を見た。そしてだいちゃんとチャンスの曳くリヤカが、迎えに来た。カケイさんは確かにしあわせだったのであり、その死は、どれほど私達の胸に熱をもたらしてくれることか。

小説という手法の凄みを感じさせる本書は、この時代を代表する老人文学として、長く読み続けられることだろう。そしてまだ見ぬ未来の人々の胸にも、この物語は確実に熱を届けるに違いない。

（さかい・じゅんこ　エッセイスト）

本書は、二〇二三年二月、集英社より刊行されました。
初出「すばる」二〇二一年十一月号

集英社文庫　目録（日本文学）

友井羊　放課後レシピで謎解きを　うつむきがちな探偵と駆け抜ける少女の秘密
友井羊　映画化決定
伴野朗　三国志　孔明死せず
伴野朗　呉・三国志　長江燃ゆ一　孫堅の巻
伴野朗　呉・三国志　長江燃ゆ二　孫策の巻
伴野朗　呉・三国志　長江燃ゆ三　孫権の巻
伴野朗　呉・三国志　長江燃ゆ四　赤壁の巻
伴野朗　呉・三国志　長江燃ゆ五　荊州の巻
伴野朗　呉・三国志　長江燃ゆ六　巨星の巻
伴野朗　呉・三国志　長江燃ゆ七　夷陵の巻
伴野朗　呉・三国志　長江燃ゆ八　北伐の巻
伴野朗　呉・三国志　長江燃ゆ九　秋風の巻
伴野朗　呉・三国志　長江燃ゆ十　興亡の巻
ドリアン助川　線量計と奥の細道
鳥海高太朗　天草エアラインの奇跡。
西島伝法　るん（笑）

永井するみ　ランチタイム・ブルー
永井するみ　欲しい
永井するみ　グラニテ
永井するみ　義弟
永井みみ　ミシンと金魚
長尾徳子　僕達急行　A列車で行こう
長尾徳子　桑原裕子・原作　ひとよ
長岡弘樹　血縁
中上健次　軽蔑
中上紀　彼女のプレンカ
中川右介　江戸川乱歩と横溝正史
中川右介　手塚治虫とトキワ荘
中川右介　国家と音楽家
中川右介　アニメ大国　建国紀　1963-1973　テレビアニメを築いた先駆者たち
中澤日菜子　アイランド・ホッパー　2泊3日旅ごはん島じかん
長沢樹　上石神井さよならレボリューション

中島敦　山月記・李陵
中島京子　ココ・マッカリーナの机
中島京子　さようなら、コタツ
中島京子　ツアー1989
中島京子　桐畑家の縁談
中島京子　平成大家族
中島京子　東京観光
中島京子　かたづの！
中島京子　キッドの運命
中島たい子　漢方小説
中島たい子　そろそろくる
中島たい子　この人と結婚するかも
中島たい子　ハッピー・チョイス
中島美代子　らも　中島らもとの三十五年
中島らも　恋は底ぢから
中島らも　獏の食べのこし

集英社文庫　目録（日本文学）

中島らも　お父さんのバックドロップ
中島らも　こらっ
中島らも　西方冗土（さいほうじょうど）
中島らも　ぷるぷる・ぴぃぷる
中島らも　愛をひっかけるための釘
中島らも　人体模型の夜
中島らも　ガダラの豚Ⅰ〜Ⅲ
中島らも　僕に踏まれた町と僕が踏まれた町
中島らも　ビジネス・ナンセンス事典
中島らも　アマニタ・パンセリナ
中島らも　水に似た感情
中島らも　中島らもの特選明るい悩み相談室 その1
中島らも　中島らもの特選明るい悩み相談室 その2
中島らも　中島らもの特選明るい悩み相談室 その3
中島らも　砂をつかんで立ち上がれ
中島らも　こどもの一生

中島らも　頭の中がカユいんだ
中島らも　酒気帯び車椅子
中島らも　君はフィクション
中島らも　変!!
中島らも／小堀純　せんべろ探偵が行く
中島らも　人体模型の夜
長嶋有　ジャージの二人
中園ミホ／古林実夏　ゴースト　もういちど抱きしめたい
中谷巌　痛快！経済学
中谷巌　資本主義はなぜ自壊したのか　「日本」再生への提言
中谷航太郎　くろご
中谷航太郎　陽炎
長月天音　ただいま、お酒は出せません！
中野京子　芸術家たちの秘めた恋 —メンデルスゾーン、アンデルセンとその時代
中野京子　残酷な王と悲しみの王妃
中野京子　はじめてのルーヴル

中野京子　残酷な王と悲しみの王妃2
長野まゆみ　上海少年
長野まゆみ　鳩（はと）の栖（すみか）
長野まゆみ　若葉のころ
永原皓　コーリング・ユー
中原中也　汚れつちまつた悲しみに……　—中原中也詩集
中場利一　シックスポケッツ・チルドレン
中場利一　岸和田少年愚連隊
中場利一　岸和田少年愚連隊　血煙り純情篇
中場利一　岸和田少年愚連隊　望郷篇
中場利一　岸和田のカオルちゃん
中場利一　岸和田少年愚連隊　外伝
中場利一　岸和田少年愚連隊　完結篇
中場利一　その後の岸和田少年愚連隊　純情ぴかれすく
中部銀次郎　もっと深く、もっと楽しく。
中村安希　インパラの朝　ユーラシア・アフリカ大陸684日

集英社文庫　目録（日本文学）

集英社文庫　目録（日本文学）

集英社文庫　目録（日本文学）

- 西村健　ギャップGAP
- 西山ガラシャ　おから猫
- 日経ヴェリタス編集部　定年ですよ　退職前に読んでおきたいマネー教本
- 日本推理作家協会編　夢現　日本推理作家協会70周年アンソロジー
- 日本文藝家協会編　時代小説　ザ・ベスト2016
- 日本文藝家協会編　時代小説　ザ・ベスト2017
- 日本文藝家協会編　時代小説　ザ・ベスト2018
- 日本文藝家協会編　時代小説　ザ・ベスト2019
- 日本文藝家協会編　時代小説　ザ・ベスト2020
- 日本文藝家協会編　時代小説　ザ・ベスト2021
- 日本文藝家協会編　時代小説　ザ・ベスト2022
- 日本文藝家協会編　時代小説　ザ・ベスト2023
- 楡周平　砂の王宮
- 楡周平　終の盟約
- 楡周平　黄金の刻　小説　服部金太郎
- 額賀澪　できない男
- ねじめ正一　商人
- 野口健　落ちこぼれてエベレスト
- 野口健　100万回のコンチクショー
- 野口健　確かに生きる　落ちこぼれたら這い上がればいい
- 野口卓　なんてやつだ　よろず相談屋繁盛記
- 野口卓　まさかまさか　よろず相談屋繁盛記
- 野口卓　そりゃないよ　よろず相談屋繁盛記
- 野口卓　やってみなきゃ　よろず相談屋繁盛記
- 野口卓　あっけらかん　よろず相談屋繁盛記
- 野口卓　なんて嫁だ　めおと相談屋奮闘記
- 野口卓　次から次へと　めおと相談屋奮闘記
- 野口卓　友の友は友だ　めおと相談屋奮闘記
- 野口卓　寝乱れ姿　めおと相談屋奮闘記
- 野口卓　梟の来る庭　めおと相談屋奮闘記
- 野口卓　風が吹く　めおと相談屋奮闘記
- 野口卓　春だから　めおと相談屋奮闘記
- 野口卓　とんとん拍子　めおと相談屋奮闘記
- 野口卓　新しい光　めおと相談屋奮闘記
- 野口卓　親と子　めおと相談屋奮闘記
- 野口卓　出世払い　おやこ相談屋雑記帳
- 野口卓　弟よ　おやこ相談屋雑記帳
- 野崎まど　HELLO WORLD
- 野沢尚　反乱のボヤージュ
- 野中ともそ　パンの鳴る海、緋の舞う空
- 野中柊　小春日和
- 野中柊　このベッドのうえ
- 野茂英雄　僕のトルネード戦記
- 野茂英雄　ドジャー・ブルーの風
- 羽泉伊織　ヒーローはイエスマン
- 萩本欽一　なんでそーなるの！　萩本欽一自伝
- 萩原朔太郎　青猫　萩原朔太郎詩集
- 橋爪駿輝　さよならですべて歌える

集英社文庫

ミシンと金魚（きんぎょ）

2024年5月30日　第1刷　　定価はカバーに表示してあります。

著　者　永井（ながい）みみ

発行者　樋口尚也

発行所　株式会社 集英社
東京都千代田区一ツ橋2-5-10　〒101-8050
電話　【編集部】03-3230-6095
【読者係】03-3230-6080
【販売部】03-3230-6393（書店専用）

印　刷　大日本印刷株式会社

製　本　ナショナル製本協同組合

フォーマットデザイン　アリヤマデザインストア　　マークデザイン　居山浩二

ISBN978-4-08-744645-6 C0193